生命《いのち》きらめく

おやこ相談屋雑記帳

野口　卓

集英社文庫

目次

生命《いのち》きらめく

おやこ相談屋雑記帳

主な登場人物

信吾　黒船町で「おやこ相談屋」と将棋会所「駒形」を営む
波乃　楽器商「春秋堂」の次女　信吾の妻
甚兵衛　向島の商家・豊島屋のご隠居　「駒形」の家主
常吉　「駒形」の小僧
全翁　日本橋萬町の履物商「三河屋」の隠居
ヒナ　全翁の後妻
伝　産婆
正右衛門　信吾の父　浅草東仲町の老舗料理屋「宮戸屋」主人
繁　信吾の母
正吾　信吾の弟
咲江　信吾の祖母
善次郎　波乃の父　阿部川町の楽器商「春秋堂」主人
ヨネ　波乃の母
花江　波乃の姉

妻にして娘

一

八ツ（二時）を告げる時の鐘が鳴って程なくであった。波乃《なみの》から大黒柱の鈴に来客ありの合図があったので、信吾《しんご》は将棋会所を出ると、生垣で隔てられた母屋に出向いた。

「失礼いたします」

沓脱石《くつぬぎいし》から濡縁《ぬれえん》にあがった信吾は、声を掛けて表座敷の障子を開けた。波乃と向きあって坐《すわ》っていた客がていねいにお辞儀をした。いかにも商人らしいたたずまいの、四十代半ばと思われる物静かな人物である。

「ようこそいらっしゃいました」

「お初にお目に掛かります。日本橋萬町《にほんばしよろずちょう》の三河屋全兵衛《みかわやぜんべえ》と申します。もっとも見世と全兵衛の名は倅《せがれ》に譲り、隠居して全翁《ぜんおう》と名を改めました。よろしくお見知りおきのほどを」

隠居名からすると書や画、連歌や前句付け、それとも謡《うたい》のような趣味の持ち主であろうか。ふとそんな思いがしたが、礼を失してはならない。

「信吾でございます」

隣に坐るのを待って波乃が簡略に述べた。

「三河屋さんは、あたしに相談に見えられたそうです」

波乃の言葉を受けて全翁が言った。

「こちらさまの事情を、存じませんでしたものですから」

信吾にはそれだけで、波乃が自分を呼んだ理由がわかった。

「波乃は先達て若い女のお客さまの悩み事を解決したのを潮に、当座は休みをいただくことにしておりまして」

「そういうことでしたか。それはどうも、おめでとうございます」

ちゃんとした商家の主人だった男らしく、全翁は波乃の下腹に視線をやるような不躾《ぶしつけ》なことはしなかった。初対面でもわかるほど、波乃のお腹《なか》はおおきくなっている。

「ごていねいにありがとうございます」

信吾と波乃は声を揃《そろ》えて頭をさげた。

「事情はわかりました。波乃さんがごむりでしたら、ご主人に相談に乗っていただかねばなりませんが、てまえの相談の内容が内容ですので」と言《い》い淀《よど》み、少し考えてから全翁は続けた。「できることなら、波乃さんにも話に加わっていただけると」

「承知いたしました」

「波乃さんがご懐妊だとわかりました以上、ご出産後に通常の生活にもどられてから改めて、とも思いましたが」

「実は大事を取って、波乃はしばらく仕事を休むことにしたという次第でして。もともと体は丈夫なほうですので、本人はもう少し続ける気でいたようですが、わたしがむりに休ませることに」

そう言って信吾がちらりと見ると、波乃は静かにうなずいた。

三河屋はちいさく頭をさげた。

「ありがとうございます。できる範囲ということでけっこうですので、なにとぞよろしくお願いいいたします」

「波乃を名指しに近いかたちでお見えになられたからには、相談の内容は女の人に関することでございますね。となりますと微妙な部分もおありでしょうから、てまえよりも家内のほうが解決に導ける可能性が高いはずです。念のため、お話はてまえも伺うようにいたしますけれど」

「それをお聞きして安心いたしました。相談に参ったからには、てまえがどういう者で、いかなる状況にあるかを、まずお話しいたします」

そのように前置きして全翁は話し始めた。

日本橋を南に渡ると広場となっていて、西に高札場《こうさつば》があり、東は元四日市町《もとよっかいちまち》である。

毎月四の日に、野菜や干し魚などの市が立ったことに由来する町名だ。

元四日市町の南に萬町があるが、三河屋全兵衛はそこで雪駄《せった》など履物類を商っている。

「てまえは二十四歳で、五つ年下の従妹《いとこ》の久《ひさ》を娶《めと》りました。翌年に生まれた長男を筆頭に、二男二女を得ております」

なにもかもが順調であったが、十年まえに久が風邪をこじらせ三十五歳の若さで急死した。長男はまだ十六歳、末娘は八歳であった。

商売に励みながら四人の子供を育てるのは並大抵ではないので、後添いをもらうようにと親類や同業、あるいは取引先から話があった。全兵衛はすべてを断り、礼儀と作法は厳しく教えたが、子供らの日常の世話はそのために雇った女中に任せて乗り切ったのである。

「二十三歳になった長男に嫁を取らせましたが、そのとき末娘は十五歳でした。あと何年かすれば三河屋を息子に譲り隠居できると思うと、それまで感じていた重荷が一度におりた気がしたものです。古くからの付きあいの友人に、ある場所に」と、全翁は照れたように笑った。「正直に申さねばなりませんね。おわかりでしょうが、いわゆる岡場所です」

信吾はうなずくと、思い付いたままを口にした。

「亡くなられたお久さんの面影を、その夜の相手に感じられたのですね」

「さすが相談屋をやってこられただけあって、よくおわかりだ」

その手の話は相談屋の仕事に関係なく耳にすることは多いし、芝居や戯作本《げさくぼん》でも目にすることはある。その話し振りからすると、久を喪《うしな》った全兵衛は脇目も振らず仕事と子育てに専念した、極めてまじめな男のようだ。それがわかっているだけに、友人は遊里に誘ったのかもしれなかった。

となればその先は明らかなので、信吾はなにも言わず微笑した。全翁は首筋を掻《か》きながら苦笑する。

「お察しのとおりでございます。てまえはその女を後添いにしました。名をヒナと申します。倅が嫁を取った翌年でしたから、二年まえになりますね。てまえが四十八歳の齢《とし》のことでした。これもおわかりでしょうが、反対の矢面に立たされまして」

となると後妻のヒナを巡る息子夫婦や親類縁者との、軋轢《あつれき》に関する悩みであろうか。しかし波乃に相談をと言った流れからすると、どうやらそういう問題ではなさそうだ。

息子は二十三歳で嫁を取ったが、まだ全兵衛だった全翁はその翌年にヒナを後妻にしたと言った。それが二年まえで四十八歳だったということは、いまは五十歳である。頭は半白だが顔の色艶がいいので、信吾は四十代半ばと思ったのだ。

「なにしろ四十八歳になって、倅の嫁とそれほど齢のちがわぬ嫁をもらったものですから、仲間や同業の者に羨まれましてね。自分でも有頂天になっておりましたし、ある意味で得意でもありました」

それは全翁の正直な気持であろうが、周りはやっかみもあって冷たい目で見ていたと思われる。

「親子ほども齢のちがう女を後添いにするとなると、反対の声も強かったことでしょう」

ましてや娼妓《しょうぎ》を身請けするとなると、厳しい声があったはずだが、さすがにそこまでは言えなかった。

「三河屋全兵衛は何代も続いた老舗《しにせ》ですので、地所も何ヶ所か持っておりますし、そこそこの蓄えもあります。親子ほども齢の離れたてまえにうまく取り入ったヒナには、企《たくら》みがあるにちがいないと勘繰る者がおりまして」

「当然でしょうね。特に親類縁者の目は厳しいですから」

「てまえの見るところ、ヒナにそのような企みと申しますか、ねらいがあるとは思えません。ヒナには、いっしょになるまえの年に嫁取りをした倅に、見世をはじめすべてを譲り渡すと伝えてあります。さらには後妻にした披露目の席で、息子夫婦や親類縁者にそのことをはっきりと伝えました」

「全翁さんがそのように言明したのであれば、裏であれこれ言う者はいたとしても、表立って口にする者はいないと思われます」

信吾がそう言うと、黙って話を聞いていた波乃が静かに話し掛けた。

「全翁さんのお悩みは周囲の人たちがどう見ているかよりも、息子さんのお嫁さんとさほど齢のちがわぬヒナさんの考えや、日頃のおこないがわかりにくい、理解しがたいことがある、といいますか、多くなったということなのではないでしょうか」

それまでの話の流れから波乃はそのように読み解いたようだが、信吾もおなじ思いであった。

「波乃さんのご推察のとおりですが、そのためにはヒナとの馴《な》れ初《そ》めを話さなければなりません。人と人の出逢《であ》いには特別としか思えないことがありますが、ヒナの場合がまさにそれでしてね」

そう言いながら全翁がかなり躊躇《ちゅうちょ》した理由は、その話を聞いてからわかったことである。

「先ほど申しましたように、二十三歳になった息子に嫁を取らせた年ですから、てまえは四十七歳でした。働き詰めできたからでしょう、重荷がおりてホッとすると同時に、胸におおきな空洞ができたような気がしましてね。そんなてまえの変化に気付いたらしく、幼馴染の章太《しょうた》が岡場所に誘い出したのです。久と夫婦になるまえに、少し年上の町内の者に連れられて何度か行ったことはあります。以後は仕事に追われ、そういう地にはまるっきり無縁でした」

四十七歳にもなって、岡場所での遊びをほとんど知らない男を連れて行くのだから、章太はあれこれと考えたらしい。

「ああいう里には、遣《や》り手婆《てば》ぁと呼ばれる、女郎あがりの古手がいる。それくらいは全さんだって知っているだろう。客の望みを聞いて女郎を割り振りし、愚痴も聞けば女郎の相談にも乗るし、客と問題が起きれば素早く処理する。あの手の女は着ている物や言葉遣い、それに表情などから、一目で客を見抜くからな。全さんがどういう男かは、遣り手婆ぁには一目瞭然だ。だから変に気取ったり小細工などせず、ありのままの全さんを見てもらえばいいのさ」

「いいも悪いもそうするしかないのだろ」

「ともかく楽しく遊ばせてやるから、なにも言わずおれに任せろ。格好いいことを言ったり、嘘《うそ》が混じることもあるかもしれんが、おれがうまく話すから調子をあわせるのだぞ」

　居酒屋で一杯引っ掛けながら、章太はまだ全兵衛だった全翁にそう言った。世間知らずの若者扱いだが、改名まえのかれは幼馴染に任せるしか手がなかったのである。

二

「おや章太さん、いらっしゃい。今日はお友達をお連れいただいたのね」

「このまえ言っていた、幼馴染の全さんだ」

四十歳前後と思われる遣り手婆ぁは、愛嬌《あいきよう》を振《ふ》り撒《ま》きながら全兵衛を一瞥《いちべつ》すると、すぐに章太に目をもどした。

「あらあら、幼馴染ってことだけど、それにしちゃ変ね。だってこんな堅物が、章太さんと四十年以上もお付きあいしてきたなんて信じられないもの」

「全さんはまさに堅物だが、てことはおれさまがぐにゃぐにゃで、まともじゃないってことになりゃしないか」

「まあご冗談ばっかし」

「それはともかく、全さんはかみさんを亡くしたばかりでぼんやりしてるからね。だったらここしかないって連れて来たんだよ。なにしろ四十代の半ばをすぎたってのに、こういう里のことを知らないってんだから呆《あき》れるじゃないか」

嘘が混じることもあるなどと章太は言っていたが、初《しよ》っ端《ぱな》から飛び出した。女房を亡くしたばかりと言ったが、それは七年もまえのことである。それに廓《くるわ》のことにしても、まるっきり知らない訳ではないのだ。強《したた》かな遣り手婆ぁとやりあうには、平気で嘘が吐《つ》けるくらいでなければならないのだろう。

「だから言ったでしょ、堅物だって。あたしの見たところ、とても章太さんの知りあいとは思えない。この仕事に就いて十年になるけど、稀《まれ》に見る堅物だわよ」

「堅物も堅物。嵐の日に風で剝がされた屋根瓦が全さんの頭にぶち当たったが、割れたのは頭ではなくて瓦だったからね。そこまで言えばわかるだろ。おれっちのような悪ずれした遊びには縁がないから、なるべく素人っぽいというか、初心《うぶ》な女の子を当てがってほしいんだ。一度寝ただけでかみさんのことを忘れさせられるような子は、……いる訳がないと思うけどね」

「それがいるから、世の中捨てたもんじゃないわよ。それにしても全さんはなんて運がいいんでしょう。丁度ぴったりの子がいるの。今日が初めてって子が。名前は牡丹《ぼたん》だけど、牡丹は花の中ではお姫さまですからね」

「だったら、おれさまがお相手したいよ」

「章太さんはいつものあの子がお待ちかねよ。それにしても全さんは運のいい人だわね」

見え透いた嘘だというくらい、全兵衛にすらわかった。苦界に売られた娘は、客を取るまえに未通女《おぼこ》を女にする男に任されるのだ。高い金を払ってでもそれを楽しみにしている連中がいて、いわゆる初物を喰《く》い、いかにすれば男たちがうれしがるかの、あの手この手を教えこむのである。

それくらいは耳にしたことがあって、全兵衛も知らない訳ではなかった。それがヒナである。全兵衛の待つ蒲団《ふとん》に、牡丹はおずおずと身を滑りこませた。同衾《どうきん》したあとでヒナが跡始末した桜紙を見て、全兵衛は信じられぬ思いがした。かなりな血が滲《にじ》んだらしく、赤くなっていたからである。

どういうことだと驚かずにいられなかった。遣り手は初めてだと言ったが、とすると本当に、ヒナにとって自分が最初の男だというのか。いかなる事情でそういうまちがいが起きたのかわからないが、であれば呻《うめ》き声《ごえ》を洩《も》らしたのは芝居でなく痛みに耐えていたためだったにちがいない、との思いが頭を占めた。

そのあとでふたたび褥《しとね》をともにした全兵衛は、どうして苦界に身を沈めねばならなかったかを、その切なくも哀《かな》しい経緯を寝物語に聞かされたのである。だがヒナの虜《とりこ》となった理由はべつのところにあった。

亡くなった久は生まれも育ちも江戸で商家の娘、ヒナは陸奥《みちのく》の小作人の娘である。面長の顔にすらりとした体の久は、健康そうな小麦色の肌をし、動作も話し振りもしゃきしゃきしていた。一方のヒナは下膨れの愛嬌のある顔をして、小柄でふっくらしている。雪のように白い肌をして、動きも話し方もどことなくゆったりと感じられた。

まるで共通するものがないのに、全翁は久とヒナに似通ったなにかを感じたのである。面差しも声の質も喋《しゃべ》り方もまるでちがっていながら、雰囲気というか醸し出す感じにどことなく近いものがあった。

それは安心感だと全翁は思い至った。久とヒナは傍《そば》にいるだけでなぜか心が和むのである。安心していられるのだ。となると久がそうであったように、ヒナは全翁にとってはなくてはならない存在ということになる。

それにしても、かくも簡単に騙《だま》されてしまうものなのか。

経験という面では信吾は全翁と変わらなかった。若いころは連れられて遊んだこともあるが、波乃といっしょになってからは誘われても一度も足を運んだことはない。しかし友人知人から聞かされ、相談客にも教えられたが、それ以上に本から得た知識がある。もちろん全翁に話す訳にはいかないが、まずヒナが処理した桜紙に血が滲んでいたというのが真っ赤な嘘であった。

知る人ぞ知る騙しの手口で、空気袋とも浮袋とも言われている、魚の内臓から取り出した薄い膜でできた袋に、鼠《ねずみ》でも犬や猫でも、もちろん人のでもいいが血を入れて極細の絹糸で縛っておく。そして媾合《まぐわい》のときそこに潜めるだけで、袋の薄い膜は簡単に破れて血が流れ出るのだ。

なにも知らない男は相手が処女だったと勘ちがいして感激し、次からはその女を指名して通うようになる。遣り手婆ぁは何人もの男におなじ手を使い、多くの男を馴染み客として巧みに取りこむ。

そして二つ目は、全翁は切なくも哀しいとしか言わなかったが、ヒナが苦界に身を沈めなければならなかった理由であった。

どの女も涙なしでは語れぬ物語をいくつも持っていて、相手に応じて使い分けているとのことだ。親や兄弟姉妹のだれかが重い病に侵されたが薬礼が払えないとか、父か兄が博奕《ばくち》に負けて多大な借金を作ってしまったので、などである。

商いでは有能だったかもしれないが、そういう面で世間智《せけんち》に疎い全翁は、簡単に騙されたということだ。ヒナを身請けした理由には、自分が最初の男であったとの思いが強く、しかもそれに寸毫《すんごう》の疑いも抱いていないからにちがいない。

そんな全翁が相談に来たからには、身請けに関してなにかと問題含みだったのだろうと思われる。五十歳の全翁が四十八歳の齢でヒナを身請けしたのだから、二年近い歳月をともに暮らしてきたということだ。そこになんらかの問題や歪《ゆが》み、悩みが生じるのは当然かもしれない。

ヒナと巡りあうまでの話は、信吾には長く感じられた。そのため初めて結ばれた夜のことや、身請けに至るまでの苦労話が長々と続きそうな気がしたのである。

ところが桜紙に血が滲んだことなども、全翁は事実とその結果を淡々と述べただけに終わった。またヒナが苦界に身を沈めなくてはならなくなった部分も、そのような事実があったというだけに留《とど》めて、具体的なことには触れなかったのである。

「てまえはヒナの亭主というより、むしろ父親に近いと言っていいでしょうね。いや、亭主であり同時に父親なんですよ。ヒナは十七の齢に身請けしましたから、今は十九になります。てまえが五十ですので、親子ほどの開きがありますからね。おわかりでしょう。妻でありながら娘のようで、ともかく可愛《かわい》くてならないのですよ」

それは桜紙に滲んだ血を、騙しの手口だと疑いもしないことからくる思いなのかもしれない。ヒナにとって自分が最初の男であったと信じている全翁にすれば、愛《いと》おしくて、まさに亭主であって父親という感覚なのだろう。

「お話を始められて程なく、ヒナさんのことに触れられましたけれど」と、波乃は全翁と信吾を交互に見ながら言った。「ご自分でも有頂天になっておられたし、お仲間や同業の方に羨まれてとおっしゃったとき、全翁さんは本当にうれしそうでした」

「となればなんとしても、ヒナはてまえが守り抜かねばと思うております。ヒナが苦界に身を沈めねばならなくなった事情は、お二人には話さないでおきましょう。切なくも哀しいと申しましたが、あまりにも悲惨で、口にするとこちらが辛《つら》くなりますから」

誤解やさまざまな事情を抜きにしても、そこまで自分を大事に思ってくれるのだから、ヒナは幸せだと言わねばならないだろう。それだけに信吾には全翁の純な想《おも》いが、痛々しく感じられてならないのである。

ヒナが打ち明けた身の上話は、全翁が辛くなるので話したくないと言っている以上、信吾と波乃は知ることはできない。知ることはできないが、信吾には作り話だとしか思えなかった。桜紙に関しては、まちがいなく騙されているはずだ。

それがわかっているだけに、仕組まれた事実を知ってもらいたくなかった。全翁にとって、それほど惨めなことはないからである。

「いっしょになると心を決めて、ヒナのことを息子夫婦に話しましてね。当然ですが親類縁者や仕事関係、章太以外の友人知人には秘密にしておりました、しかし娼妓を身請けするとなると、息子夫婦にだけは黙っている訳にまいりません。てまえは意気ごんでいましたが、息子たちの態度は極めて平静で、気抜けするほどでした」

「安心されたでしょうね」

全翁がヒナは自分が守り抜くと言ったとき、波乃は懐から手巾を出して目を押さえた。それだけに息子夫婦が平静だったと聞いて、反感や敵意がないと思い、気が楽になったのではないだろうか。

ところがその直後に、全翁の言葉で引きもどされてしまったのだ。

「だけどてまえには、息子夫婦のよそよそしさがはっきりと感じられたのですよ。平静を装いながらも、内心では頑として拒んでいることがね。それがわかったので、息子夫婦とおなじ屋根の下で暮らすことを諦めるしかありませんでした」

ヒナの身請け話を進めながら、全翁は密《ひそ》かに隠居所を借りた。必要な物を少しずつ運びこみ、さらにヒナとの生活のための品を買い求めたのだ。

三

そして身請けの当日となった。自由の身となったヒナを、全翁は日本橋萬町の三河屋ではなく、隠居所に連れ帰ったのである。

「先ほど息子夫婦と親類縁者に、ヒナの披露目の席を設けたと言いましたが、その夜も息子に譲った家にはもどりませんでした。駒形町《こまがたちょう》の隠居所に駕籠《かご》で向かったのです」

「駒形町ならご近所ではありませんか」

信吾たちの住む借家のある黒船町《くろふねちょう》のすぐ北に諏訪町《すわちょう》があり、駒形町はその北隣で、駒形堂《こまんどう》があることで知られている。地元では宮戸川《みやとがわ》と呼ばれる大川に架かる吾妻橋《あずまばし》の、少し下流の右岸であった。

「それからは、ご夫婦水入らずの日々を堪能されているのですね」

「萬町とは形だけではあっても、行き来はしていましてね。てまえは隠居ではありますがまだまだ動けますし、ヒナもある程度のことはできます。ですから力仕事や雑用をさせる下男も、掃除に炊事と洗濯のための下女も置いていません」

「そうしますと全翁さんは、なにもかもが新鮮で日々が楽しくてならなかった。ではなかった、楽しくてならないのではないですか」

「もしも極楽と言うものが本当にあるなら、これこそ極楽だと思いましたけれど」

微妙な発言だ。思いましたと言ったのは、今はそうでないのか、思い、しかも持続しているのか、その両方に取れなくもない。しかも「けれど」と微妙な言葉を続けたのである。

これを切り口にして、なんとしても全翁の屈折しているであろう思いを引き出さなくてはならない。信吾は全翁が答えるしかない問いを発した。

「ヒナさんが変わられた、それも驚くほど変わられたということでしょうか」

「どういう意味でしょうか」

答えてもらえるどころか、逆に問われてしまった。信吾は詰まりそうになりながら、なんとか言葉を絞り出した。

「ヒナさんが地を出したので、全翁さんがひどく驚かれたとか」

「どういう意味でしょうか」

おなじ問いを繰り返したのは、全翁が信吾の真意を汲《く》み取れなかったか、意外に思ったか、でなければ気分を害したということである。相談を自然な形で引き出すには、迂《う》闊《かつ》なことは言えない。

「よくあることですが、なにかを急に、それとも強く求めるようになられたとか」

「例えば」

　真っ先に思い付いたのは、ヒナの性が奔放すぎるのではないかということであった。生来淫乱な質《たち》であったところに、なにかの拍子に火が点《つ》いたということも考えられなくはない。火を点けたのが全翁だったことも有り得るのである。

　思い掛けなく奔放になったヒナに、全翁は困惑したのかもしれない。となると年齢の開きもあって、辟易《へきえき》していることが考えられた。

　だがそれを思うこと自体が失礼であるし、波乃がいるところではとても口にできない。それもあって信吾は、ついちがうことを訊《き》いてしまった。

「着物とか髪飾りなどですね。あれがほしい、これを買ってもらいたい。でなければ芝居を観《み》たい、それも毎日のように、とか。なにかがきっかけになって強く求めるようになったり、じわじわと、それとも急に増えたり、ねだる範囲が拡《ひろ》がったり」

　どことなく気落ちしたように感じられたのは、全翁の心の裡《うち》に蟠《わだかま》りがあって、信吾がそれを衝《つ》いてくると身構えていたと考えられなくもなかった。ところが信吾がありふれたことを訊いたので、肩透かしを喰ったように感じたのかもしれない。

それは信吾の思いすごしであったらしく、全翁はていねいに答えたのである。

「ヒナが望めばてまえは余程でなければ叶《かな》えてやりましたし、こちらから訊きもしましたからね。なにかほしいものはないか。この首がほしいといわれても困るが、大抵のものなら買ってあげるし、望みを叶えるから、遠慮しないで言ってごらん。ところがなにもいりません、旦那さまの傍にいられるだけであたしは幸せです、と言うものですから」

「ご馳走《ちそう》さまでした」

信吾が笑わせるような言い方をしたのは、ズレたことを訊いてしまったのではないかとの、先の問いが尾を引いていたのかもしれない。それにも全翁はまじめに応じてくれた。

「いや、惚気《のろけ》ている訳ではありません。ヒナはてまえの傍にいられるだけで幸せだと、両手をあわせて拝みました。借金をなんとかしなければ一家が生きていけないので、苦界に身を売るしかなかったですからね。それを帳消しにしたてまえは、ヒナにとっては神にも仏にも思えたのでしょう。だから傍にいられるだけで幸せだ。毎日おいしいものを腹いっぱい食べられるし、働かなくても、つまり男に体を売らなくてもいいのだからと。それを聞いて、てまえは思わず泣きそうになりましてね」

「ヒナさんが満ち足りておられるなら、全翁さんもおだやかな気持でいられると思いますけれど」

波乃が控えめな訊き方をした。

「たとえヒナが満ち足りていたとしても、それだけではてまえは、いや、であればこそ、とても我慢できないのですよ」

全翁が言った、我慢できないとの言葉が重すぎるので、波乃は慎重な言い方をした。

「どういうことでしょう。あたしには理解が及びませんが」

「あたしは幸せですとヒナは言いましたが、果たして本当に幸せなのだろうかと思わずにいられないからです」

身請けした側の言葉としては、いささか不自然だという気がしないでもない。

「あたしには、ヒナさんは幸せになれたとしか思えないのですけど」

波乃が目顔で問うと信吾も同意を示したが、全翁はわずかに首を横に振った。

「極貧の日々をすごしていたヒナは、やむを得ぬ事情で苦界に身を沈めるしかありませんでした。たまたまそこから逃れることができましたが」

「そうしてあげたのが全翁さんでしょう」

「たまたまです。いいですか、信吾さんに波乃さん」

二人はうなずくしかなかった。

「ヒナは地べたからなんとか身を起こしただけで、まだ足を踏み出してもいません。歩き出して初めてヒナの人生が始まるのです。てまえはなんとしても、ヒナがたしかな足取りで歩き、できれば走り、全力で疾走するところを見たいのです」

「それはできるでしょう。全翁さんは見られますよ」

「調子のいいことを言わんでほしい」

全翁が初めて見せた厳しい表情であった。だがここで退いてしまっては、客の悩みは解決できない。信吾はきっぱりと言った。

「いえ、できます。ですがかなりの時間と申しますか、期間が必要ではないですか。それなのに全翁さんはあまりにも性急に」

「当然でしょう。てまえは知命、つまり五十歳ですよ。人の寿命と言われている年齢に達しました。あと何年生きられるかわかりません。明日、死んだってふしぎではありませんからね。ですから足を踏み出したヒナが、走る姿はむりだとしても、せめてたしかな足取りで歩き始めるところを見たいのです」

全翁の気持もわからぬではない。男は三十歳で中年、四十歳で初老、五十歳で老人と目された。六十歳の還暦を迎えれば長寿、古稀《こき》の七十歳はまさに「古来稀なり」であった。

五十歳の全翁は死を意識しなければならない年齢である。隠居名を全翁としたのが、なんとも皮肉に思えてならない。

「お気持はわかりますが、蝶々《ちょうちょう》だって芋虫からすぐ蝶にはなれません。卵から孵《かえ》って芋虫になると、せっせと餌を食べるのです。体がはちきれそうになるほど成長すると皮を破り出て、ひと廻《まわ》りおおきな芋虫になります。それを何度か繰り返した末に蛹《さなぎ》になって、その殻を破って羽化し、やっと蝶になれるのですよ。ヒナさんが卵から孵ったばかりだとすれば、順を踏まなければ蝶にはなれないのですから」

なにか言いたそうに口をもぐつかせていた全翁は、おおきな溜息《ためいき》を吐いた。全翁だけでなく、波乃もおなじように長い溜息を漏らしたのである。

「そんな悠長なことは、とてもではないが言っていられないのです」

「ですが順番は飛ばせません。蝶ですらそうですから、ましてや人となりますと」

「飛ばせなくても一つ一つの過程の、それに必要な期間というか時間を短くはできるでしょう」

「必要な期間とおっしゃいましたが、必要とは必ず要るということですからね。省くことはできないのではないですか」

「だとしても、短くできるのではないかとてまえは申しているのです」

「短くと言っても半分には、ましてや三分の一に減らすことなどとても」

「そうしてもらいたいし、なんとしてもその方法を考えてほしいのです。お願いいたします。頼れるのはあなた方だけなんですから」

信吾と波乃は思わず目を見あわせた。なんとかしたいし、してあげねばとは思うが、まるで雲を摑《つか》むような話である。

「てまえに身請けされたヒナは、生涯に亘《わた》って面倒を見てもらえるものだと信じ切っているのです。元気なあいだはなんの問題もありませんが、てまえがいなくなってからのヒナのことが気懸りでなりません。まだ若いのだから、てまえが死ねばいい人を見付けていっしょになるようにほのめかせました。ところが半狂乱になって聞こうとしないし、それ以上言うと泣き出しましてね。ヒナの来し方を考えればむりもないかもしれません。ですがてまえとしては、ヒナがなんとか自分の足で歩めるように筋道を立ててやりたいのです。そのためにもヒナの気持のありようがわかればいいのですが、五十男には想像すらできません。ヒナに訊けないのであれば、同年輩の女性に教えてもらうしかないでしょう」

しかし息子の嫁には、これまでの経緯からとても教えてもらえるとは思えない。すでに嫁いだ二人の娘にしても、父親の後妻について訊くことなどできなかった。

「そんなとき、こちらさまの看板を思い出しましてね。駒形町に隠居所を借りてからは、大川端《おおかわばた》を歩くこともありますから、看板を目にしていたのです。以前は『めおと相談屋』でしたが、いつの間にか『おやこ相談屋』に掛け替えられました」

近所でそれとなく訊いてみると、まだ若い夫婦がやっているとのこと。亭主つまり信吾が『よろず相談屋』の名で始め、波乃と夫婦になって『めおと』と変わり、このまま『おやこ』となったが夫婦で続けている。

周りの者には訊けなくとも、相談屋であれば応じてもらえるのではないだろうか。もしかすると、類似の相談を扱ったことがあるかもしれない。

「てまえがお邪魔したのは、そのような事情からです。まさに望みの綱、頼みの綱、繰り返しますが、頼れるのは信吾さんと波乃さんのお二人だけなのですよ」

全翁はそう言うと、二人に向けて両手をあわせた。ヒナが自分に両手をあわせたと言ったが、その全翁が信吾と波乃に両手をあわせて拝んだのである。

四

そこに至ってようやく、信吾と波乃は全翁がなにを悩んで相談に来たかを知ったのである。ヒナと齢のちがわぬ波乃が相談屋なのを知り、一縷《いちる》の望みを託してやって来たのが理解できた。世間知らずのヒナの行く末が心配でならない全翁は、できれば自立してゆける方法を示してもらいたかったのだ。

ところが波乃がお産を直前にしていることもあって、信吾と二人で応じることになった。そのため全翁としてはどことなく話しにくくなって、一直線に悩みごとの核心に進めず、ついつい遠廻りしてしまったのだろう。

信吾と波乃は顔を見あわせたが、互いに相手の考えを汲み取ったと直感した。

信吾は全翁にうなずくと静かに話した。

「仰せの事柄、どのような事情かということはわかりました。三年間、相談屋をやってまいりまして四年目に入っておりますが、似たような相談は残念ながらありませんでした。ただわたしと波乃はそれぞれが、また二人いっしょ《い》にお客さまの相談を解決すべく努力してまいりました。そこで得た知識と経験を活かして、なんとかご期待に添えるようにしたいと思っております。ただ非力の哀《かな》しさ、今ここですぐには解決法をご提示できません。お時間をいただきたいのですが」

全翁が気落ちするのがわかったが、それを見越していたように波乃が訴えた。

「ヒナさんに会わせてもらえないでしょうか。ヒナさんと話をさせてください。全翁さんのお話をお聞きして、ヒナさんがどのような立場に置かれているかはほぼわかりました。ですがそれだけでは、どのような方法を取ればいいのか思い付かないのです。ですからまずはヒナさんご本人にお会いしないと」

全翁は困惑しきった顔になった。

「そんなことができる訳がないでしょう。お二人がヒナに会えば、てまえが若い嫁のことで悩んで、相談屋さんを頼ったことがわかってしまいますからね。となると、てまえに対する信頼が崩れ、二人の暮らしは壊れてしまいます」

「勘ちがいされたようですが、あたし一人がヒナさんと会うのです。もちろん全翁さんに相談されたなどとは、曖気《おくび》にも出しません。どのようにして親しくなるかはこれから考えますが、知りあって友達になり、なんでも話しあえる間柄となります。ヒナさんは十九歳であたしは二十歳、友達になって、なんとしても解決してみせますから」

自信たっぷりな波乃の口調に、全翁は不意討ちに遭ったような顔になった。その方法については考えてもいなかったのだろう。

「波乃さんが一人でヒナに会うですって」

「はい。そして二人きりで話します」

全翁の困惑は戸惑いから迷いへと、前後したり渦を巻いたりしながら、胸の裡で激しく変化しているようであった。

「お話を伺ったかぎりでは、今のヒナさんの周りにはおなじ年頃の女の人はいないようですね。隠居所にはお世話をする人を雇っていないので、全翁さんとヒナさん二人きりなのでしょう」

「ほとんど二人きりで、顔をあわせる人はかぎられております。魚、野菜、果物、豆腐などの棒手振《ぼてふ》りや、浅蜊《あさり》や蜆《しじみ》、納豆を売る小僧は毎日のように声を掛けてきますが、売り買いの遣り取りだけで、話らしい話はしませんね。てまえの茶飲み友達が時折やって来ますが、年寄りばかりです。ヒナは挨拶してお茶を出しますが、訊かれたことに答えはしても、話すことはほとんどありません。萬町からの倅やその使いの者は、用を告げるとすぐに帰ってしまいますし」

「ヒナさんは、全翁さんには話しにくいのかもしれません」

波乃の言葉に全翁は怪訝《けげん》な顔になった。

「いや、なんでも気楽に話すように言ってあります」

「ですが五十歳と十九歳ですから、三十一歳も開きがあるでしょう。ヒナさんにとって全翁さんはお父さんのようなだけでなく、自分を苦界から救い出してくれた大恩人ですからね。いくら全翁さんがなんでも気楽に話すようにとおっしゃっても、畏れ多くて口にできないこともあると思いますけれど。ですが一歳しか齢のちがわないあたしにでしたら、すぐにはむりでも、きっと話してくれるようになると思います」

途中から全翁の目は、畳の一点に向けられたままであった。向けてはいても見てはいないのだろう。

やがて全翁は顔をあげて二人を見た。

「波乃さんにお願いするしかないようですね。ほかにこれといった妙案も浮かばないし、若い女の人同士ですから、もしかするとなんとかなるかもしれない」

全翁の言葉に信吾はおおきくうなずいた。

「わたしもそれが最善だと思います。波乃は子供や若い人、それも女の人とはすぐに親しくなれますし、なぜか信頼されましてね。相談を受けて悩みを解決してあげた人に、是非とも義理の姉さんになってほしいと頼まれたり、かと思うと義理の妹にされたりもしましたから」

ほかに方法がないので仕方なくではあろうが、全翁は波乃がヒナに会うことを認めてくれた。しかし前途は多難である。

「波乃さんは自信がおありのようですが、一筋縄ではいかないと思いますよ。難問が山積していますからね」と、全翁は厳しい表情で言った。「まず、いかに自然に波乃さんがヒナと知りあうかです。それがうまくゆかないと、すべてがぶち壊しになってしまいます」

「あたしが隠居所に、全翁さんを訪ねるというのはどうでしょうか。そして三人であれこれ話しているうちに、ヒナさんと親しくなれる自信はありますが」

「訪れるにはなにか理由がいるだろう」

信吾がそう言うと、はにかみ顔で波乃は答えた。

「お腹の赤さんが無事に育って、産み月が近くなりましたとの報告はどうかしら」

「だったら夫婦で、となるのが普通だよ」

「たまたま近くを通り掛りましたからって」

「産み月に近い女の人が、一人で出歩くのは不自然だ。それにヒナさんと親しくなれても、全翁さんがいるんだよ。二人きりで話す訳にいかないじゃないか」

「最初からヒナさんとあたしが、二人きりになることはできないでしょう。あれこれお喋りしているうちにヒナさんがなにか、あるいはどこかに興味を持ったら、全翁さんのご許可をいただいてあたしが案内します。ついでに甘いもの屋さんでお茶を飲んで、それをきっかけに会って話すようにすれば」

　まず信吾と波乃が全翁とヒナに会い、その後波乃がヒナと会って話しあう。それを問題解決のきっかけとすることに決まった。のちになにかあるかもしれないので、信吾がヒナに会っておいたほうがいいだろうということになったのである。気を付けなければならないのは、ヒナが不自然に感じないようにしなければならない点であった。

　隠居所を訪れるにしても偶然どこかで出会うにしても、波乃と全翁が知りあいだということが前提となる。となるとあとのこともあるので、二人をどのような関係にするかであった。波乃は全翁の知人の娘とするのがいいだろうが、実際は信吾の妻である。

　そして信吾は浅草広小路《あさくさひろこうじ》に面した東仲町《ひがしなかちょう》にある会席と即席の料理屋「宮戸屋《みやとや》」の長男だが、次男の正吾《しょうご》に見世を任せることにして家を出ている。それをどこまで出して、どこまで隠すかが問題であった。

　信吾が相談屋と将棋会所を開いていることを、問題が解決してから知られるのは仕方がない。しかし相談屋のあるじであることが途中で発覚すれば、ヒナは全翁との関係に気付いて、手ひどく裏切られたと衝撃を受けるはずである。

などと考え始めると、ただ会って親しくなればいいというだけの問題ではなかった。三人は懸命に案を出しあい、微に入り細を穿《うが》って検討を重ねたのである。

五

波乃は全力を振り絞って取り組んだ。

万が一どうしようもなくなればこの手を使うようにと、波乃は信吾から秘策を授けられていた。お陰で随分と気持が楽になってはいたのである。

ところがいざ始めてみると、波乃は枷《かせ》のためにほとんど自由が利かないことを思い知らされた。しかもその最大のものは、自分で決めてしまった強固な枠であった。

ヒナとの話の進め方だが、説得してわかってもらうのではなく談笑しているうちにヒナ本人に気付いてもらいたい、との思いが波乃にはあった。人に説かれて変わるのは表面とか一部だけで終わりがちだが、自分が心底納得すれば内面からすべてが変われるからだ。

説明すればわかってもらえるとは思うが、説明は波乃からの押し付けとなりかねない。

だからなんとしても、ヒナ本人に気付いてもらいたかった。だがそれがいかに困難であるかを、波乃は思い知らされたのである。

極めて貧しい日々を送ったあとで、家族が生きてゆくため、ヒナは苦界に身を沈めなければならなかった。全翁によれば冷静に自分を見る余裕など、なかっただろうということだ。

どのように話を進めればヒナにわかってもらえ、自然な形で成就できるかを、波乃は幾通りも考えた。

やはり信吾といっしょに隠居所に全翁を訪ね、ヒナを紹介してもらって四人で語らう手段を選んだ。そしてなんとか、波乃はヒナと二人で話せるよう事を運ぶことができたのである。

ところが波乃はヒナと打ち解けることに、思っていた以上に苦労せねばならなかった。ヒナが無口と言っていいほど口数が少ないので、思うような対話にならないからだ。

ヒナは話の中で、人のまえに出るために言葉遣いと礼儀、そして読み書きも教えられた、と打ち明けた。当然だろうが、教わったのが岡場所であることや、人が遊客であることは伏せたし、波乃も訊くことはしなかった。

しかし言葉遣いや話し方を教わったとは言っても、訛《なま》りは簡単に消えるものではないので、それを笑われたために、ますます無口になったのだと思われる。

本人は全翁に身請けされたことはひた隠しにしたが、江戸に来て二年あまりが経《た》ったと話した。だから言葉に関しては、随分良くなったはずだと思っているらしい。だが普段ほとんど喋らないこともあるのだろうが、波乃からすればやはり訛っているとしか思えなかった。

それがわかったので波乃は、ヒナに頼んで田舎言葉や訛りについて教えてもらうことにした。教えてもらうだけでなく、実際に自分でそれを使ってみたのである。しかも教えてもらって喋ることが、いかに楽しいかを全身で示すようにした。

その代わりにと、波乃はヒナに江戸言葉を教えたが、田舎言葉と江戸言葉をかならず同等に扱った。絶対に優劣を付けぬよう、細心の注意を払ったのである。

「ヒナさんが田舎言葉のお師匠さんで、あたしが弟子。江戸言葉ではあたしが師匠で、ヒナさんはお弟子になりますね」

最初のうちはぎこちなかった。というのもヒナは全翁と二人だけの日々を送っていたからか、滑らかな会話ができなかったのである。ヒナは口数が少ないというより、「はい」「いいえ」などの短い返辞のほか、「すみません」「さあ」「ありがとうございます」「ごめんなさい」など短い言葉しか口にしなかった。そのため遣り取りのほとんどを全翁が受け持つようになるのは、仕方がないかもしれない。

しかも田舎言葉が出ると、馬鹿にしている訳ではないだろうが、全翁はつい笑ってしまったようだ。それがどれほどヒナを傷付けているか、全翁にはわからなかったのである。

波乃はそうではなかった。興味を持って訊きはするが、決して笑わなかったのである。いや笑いはするが、言葉以外の楽しいことやおもしろいことに限られていた。しかも上手とは言えなくても、ヒナが江戸言葉をそれらしく喋ると、波乃はうれしくてならぬというふうに褒める。

「あたしの田舎言葉はなかなか上手にならないけれど、ヒナさんの江戸言葉は上達が早いので驚かされます」

「そんなことはありませんよう。ただ波乃さんに教えてもらうようになって、全翁さんが話されるのを、とても気に掛けるようになりました」

「きっとそれだわ。口に出すだけでなく、耳からも学んでいるのね。だから早いんだ。あたしの周りはみんな江戸言葉だから、ヒナさんのように早く上手になれないのだと思う」

「そんなことはありませんよう」

遣り取りを言葉だけから見ると変ではないのだが、抑揚の面からはまだまだかなりの訛りがあった。それにはなるべく目を瞑《つぶ》るようにし、波乃は少しでもいい部分があると褒めるようにしたのである。

教え教えられる遣り方に切り替えてからは、それまでよりずっとヒナとの会話の時間が多くなった。そうなってくると次第に口数も増えるし、もともと頭はよかったらしくヒナは急速に上達した。

自然と会話が増え、若い女同士ということもあって話が弾むようになる。そして波乃は少しずつ、全翁やヒナのことを訊き出していったのである。しかしヒナは決して、自分が苦界に身を沈めねばならなくなった経緯には触れようとしなかった。ヒナが話さないので、波乃は知らないことになっている。

ヒナは少女時代や家族のこと、田舎での生活に関しても話すのを避けた。どうしても、哀しくて苦しい思い出に繋《つな》がるからだろう。もちろん波乃もそれに触れるようなことはせず、ましてや訊き出したりはしなかった。

笑顔を絶やさずに、いつも楽しく笑うように努めていたためか、神経を張り詰めるらしい。ヒナと話したあとは、波乃はぐったりするほど疲れてしまうのである。さり気なく笑わせて、心と体をほぐしてくれる信吾の心遣いが、波乃にはとてもありがたかった。

「何気なく使っていますけど、話し言葉がいかにその地に根付いたものであるかが、今回のことでよくわかりました。ヒナさんの田舎言葉を教えてもらって、なんとか喋れるようにと思って真似《まね》ていますけど、あんなにたいへんなことだとは思ってもいなかったわ」

「言葉を身に付ける速さは、人によっておおきな差があるみたいだよ。篠笛《しのぶえ》や尺八、三《さん》絃《げん》や胡弓《こきゅう》なんかの楽器を奏でる人、それに唄う人、それらが得意な人の中にはすごく早く憶《おぼ》えられる人がいるそうだ」

「あら、どうしましょう。あたし、楽器屋の娘なのに、とんと憶えられない」

波乃は阿部川町《あべかわちょう》で楽器商を営む春秋堂《しゅんじゅうどう》の次女で、信吾に嫁ぐときには琴を持って来た。ときどき弾じていて、将棋客で女チビ名人の渾名《あだな》を持つハツなどは、対戦待ちの空き時間などにねだって聴かせてもらっている。

「ヒナさんとは、江戸言葉と田舎言葉の教えっこをしているのだけれど、とてもかなわなくて」

「もしかするとヒナさんは、土地の唄の名手かもしれないよ。でなければ、特別にいい耳の持ち主ということだな」

「あたしは江戸生まれの江戸育ちだから、土地の言葉のことなど考えたこともなかったけど、各地から江戸に来た人たちはたいへんな思いをしているでしょうね。お職人は腕さえ良ければ、ほとんど喋れなくてもすむかもしれませんけど、商人《あきんど》は口が商売道具でしょう。ちゃんと喋れなければ仕事になりませんもの」

「新吉原《しんよしわら》の廓にはあちこちから人が集まるから、それぞれが土地の言葉丸出しでは客が戸惑ってしまうからね。だから『ありんす言葉』ってのを使うようになったそうだ。『なになです』を『なになにでありんす』、『いらっしゃい』を『おいでなんし』なんかだね。『ありんす言葉』を喋ると、江戸で生まれ育った女の人の言葉のように、とても粋に聞こえるそうだ」

「おや、そうでありんすか」

「花魁《おいらん》は粋だと思ったら、江戸のお人だったんだ」

「そうざます」

なんとかそう言ったが、それ以上続けられず、波乃は噴き出してしまった。


全力を尽くしているつもりなのに、思ったようにならぬどころか、どうにもならぬこともある。説明すれば簡単にわかってもらえるはずなのに、それをヒナ本人に感じてもらうことは、当初思い描いていたよりも遥《はる》かに困難であった。

少しずつではあるが、波乃はヒナのことも全翁のことも理解できたつもりでいた。ところが話したことをわかってもらえぬこともあれば、誤解されもした。そんなときにはつい、信吾の秘策に逃げたくなる。

全翁から相談されたことは絶対に洩らしてはならないが、あのときかれが話したことを、波乃が全翁から聞いた話として打ち明ける、というのが信吾の秘策であった。

相談したときの全翁の言葉からは、いかにヒナのことを思っているかがひしひしと伝わってきた。それを全翁の願いだと淡々と話せば、ヒナはしっかり受け止めるはずである。

だがそれは波乃が説明することとほとんど変わらず、ヒナ自身が自覚したことではない。ゆえに波乃が自分に課した、ヒナ本人に気付いてもらいたいとの真意ともズレる。だから何度もその誘惑に負けそうになったが、波乃は歯を喰い縛って耐えるしかなかったのだ。

どうしようもなくなればと信吾は秘策を授けたが、苦しみから逃れるために使うことは絶対にすまいと波乃は決めていた。なぜならうまくゆくとは思えなかったからである。ただ内容自体は全翁が真情を吐露したのだから、ヒナの心に響くはずであった。しかしヒナの心が開いたときでなければ、効果がないどころか逆効果となりかねない。だから波乃は、なんとしてもヒナの心を開かなければならなかった。そして徐々に近付いている、いや硬かった蕾《つぼみ》が膨らみ始めたのを感じられるまでになったのである。

六

ヒナと会うことが決まったとき、波乃はどのような手順で進めようとしているかを信吾に話しておいた。そしてヒナと話したあとでは、できるかぎり詳しく報告したのである。

相談事は二人が共有していることであるし、報告をしているときに信吾の助言を得られることもあった。ときとしてそれが、おおいに役立ちもした。

波乃が五回目の報告をすませると、信吾は少し考えてから言った。

「そろそろ次に進んでもいいと思うよ」

それを聞いた瞬間、波乃は「あるいは信吾は」と天啓のように閃《ひらめ》いたのだった。「次に進んでも」との言葉は、波乃がヒナの心が開いたらと思っていたことを指すのではないだろうか。

波乃は説得してわかってもらうのではなく、ヒナ本人に感じてもらわなければならないとの思いに囚《とら》われていた。するとなんとしても信吾の秘策には頼りたくない、との気持が次第に強くなった。そしてようやくのことで、自覚したヒナの言葉を引き出すことができる直前にきたと感じていたのだ。

信吾は波乃の気質を知悉《ちしつ》していて、苦しくなれば逃れられる方法を示唆したのだと気付いた。波乃が意地でも思いを貫き通すはずだとわかっていて、敢《あ》えて囁《ささや》いたにちがいない。

すると波乃は信吾の思うように動いたということなのだろうか、それとも期待どおりだったのだろうか。

　自分は信吾の期待に応えることができたと波乃は思う。思いたいではなく、思うのだ。まちがいなく期待に応えたのである。

　五里霧中で見通しがまるで立たなくても、なんとかヒナの心に添わねばならないと思った。並走することだけを心掛けたのだ。それを知ったとき、ヒナがなにも感じないはずがない。かならずきっかけとなるはずだ。

　そして、なったとの手ごたえを感じたのである。それが信吾の「そろそろ次に進んでもいい」との言葉を呼び起こしたのだ。とすればヒナが心を開く直前までできたのは、波乃と信吾の心が響きあったからではないだろうか。信吾の囁きが、なんとしてもその秘策には頼らないとの思いを引き起こし、波乃は投げ出さずにすんだのだと思う。

　ヒナの心はかならず開く。開かずに措《お》くものか。

　波乃は動悸《どうき》が早くなるのがわかった。

「あたしもそう思っていましたけど、大丈夫でしょうか」

　深呼吸して、声が上滑りしないようになんとかそう言うことができた。

「山あり谷ありだったけれど、ここへきて波乃が考えていたことにぐんと近付いたから、機は熟したと見るべきだね」

「ただあたしは、少し変えたほうがいいと思うのですけど」

波乃が全翁に聞いたとしてと信吾は言ったが、ヒナはほとんど全翁といっしょにいるのだから、波乃といつ会ったのかと疑問に思うはずである。

「信吾さんが全翁さんから聞いて、あたしに話してくれたとすれば自然でしょう。人を訪ねたり用があったりして、全翁さんが一人で出掛けることはあると思いますから、どこかで信吾さんと会ったとしてもふしぎではありません」

「なるほど。だったら日にちもはっきりさせず、少しまえになるけど、とか、たまたま、あるいは、いつか、のようにぼかしたほうがいいだろうね」


信吾の言葉を後ろ盾に、波乃は第二段階に突入した。言葉は大袈裟《おおげさ》だが、波乃はこれまでと変わることなく、できるだけ柔和にヒナに話し掛けたのである。

「たまたま信吾さんが、全翁さんと話すことがあったんですって」

「あら、どんなことを話されたのかしら」

ヒナは波乃が信吾に「さん」を付けることに、慣れてきたというか、違和感を覚えなくなったようだ。

最初のときには、おおきく首を傾《かし》げられたのである。

「あのう、いいですか」と、ヒナは慎重な訊き方をした。「自分の亭主だけではないですけど、人と話すときに身内にさんを付けてはいけないって教えられましたけど」

「そうですよ。ヒナさんはよくご存じね」

「信吾さんは波乃さんのご亭主でしょう。それなのに、さんを付けるのは」

「あたしたちは普通じゃないから、自分たちの流儀というか、あたしはあたしのやり方を通しているの」

「普通じゃないとか、自分たちの流儀って」

「あたしね、押し掛け女房なの」

今度は疑問より驚きのほうが遥かに強かったらしく、ヒナは目を真ん丸に見開いて、なにも言うことができなかったようだ。急に言われたら、驚くのは当然かもしれない。

色が抜けるように白くて、やや下膨れした顔のヒナが真ん丸に目を見開いたのだ。なんとも言えぬ愛嬌があって、波乃は思わず可愛いと思ったほどである。

「びっくりさせてごめんなさいね。いっしょになるまえは信吾さんって呼んでいたんだけど、押し掛けた弱みがあるからかしら、夫婦になったからって呼び方を変えられなかったのね。きっとそうだわ」

その後もヒナは納得したようではないが、毎回のように波乃が「信吾さん」と言うので、なんとか慣れたようである。

だから全翁と信吾がなにを話したかのほうに、自然と関心が向かったのだろう。ヒナの心の動きが感じられたので、波乃は女としては低めの声でおだやかに言った。

「あたし思うのだけど、ヒナさんほど幸せな人はまずいませんね」

言われてヒナが唇を噛《か》んだのは、苦界に身を沈めねばならなかった過去のせいだろうか。だが波乃はそれを知らないことになっているので、自然な言い方ができたのかもしれない。

「信吾さんの話では、全翁さんはご自分がお年寄りだから、若いヒナさんの行く末をとても心配なさっているそうなの」

「あたしの行く末……って」

「ヒナさんは十九歳で全翁さんは五十歳でしょ。お元気なうちはいいですけど、ご自分が亡くなられたあとのヒナさんが」

「そんな。いくら波乃さんでも、あんまりです」

「ごめんなさい。不吉なことを口にするなんて、どうかしていますね。でもあたしが思ったのではなくて、全翁さんが信吾さんにそうおっしゃったの」

ヒナはなにか言おうとしたようだが、言葉にはならなかった。

波乃はおだやかに言った。

「今はいいかもしれないけれど、このままではヒナさんのこの先が心配でならない、と全翁さんは思われたのでしょうね」

言われたヒナは俯《うつむ》いてしまった。かなりのあいだそうしていたが、やがて顔をあげると喰い入るように見ながら言った。

「波乃さん」

「はい」

「全翁さんはあたしの恩人なんです」

ヒナがそう言って両手をあわせて拝んだと、全翁本人からも聞いていた。しかし身請け話を知らないことになっている波乃は、訳がわからないというふうに首を傾げるしかない。

随分と煩悶《はんもん》したにちがいないが、視線を落としたヒナは長いあいだ畳に目を落としていた。そして目をあげると、正面から波乃を見て言った。

「波乃さんは女郎って知っていますか」

七

言われて波乃は息を呑《の》んだ。とんでもないことを言わせてしまった、との思いが胸を圧迫する。だが嘘は言えないし、ごまかしが利くはずはなかった。

「はい。言葉だけですけど」

「でしょうね」

言ったままヒナは黙ったが、言葉に皮肉や波乃を非難する意味あいは含まれていなかった。いや、波乃はそう感じたのである。ではあるがヒナの全体重というか、総体がのしかかってきた思いがした。

その重さに耐えられずに、なんでもいいからともかく口にしなければと波乃が思ったとき、わずかに早くヒナが言った。

「あたし、女郎でした」

波乃は口を開けはしたが、言葉にならなかった。知っていながらこうだから、知らないでいて聞かされたらどうなったことだろうか。

「全翁さんに身請けされたんです」

「そうだったの。……それで」

言い掛けて波乃は口を噤《つぐ》んでしまった。

「それで」

波乃が言い掛けて中断した短い言葉を、ヒナはそのまま問いに替えた。答えずにはすまされない。

「信吾さんの話では、全翁さんは自分がお亡くなりになられてからのことで、頭が一杯なんでしょうね。ヒナさんがちゃんと生きていけるには、どうすればいいだろう、どのような方法があるだろうかと、そればかりお考えのようですよ」

ヒナは黙ったままだったが、俄《にわ》かに目が潤み始めたと思うと、涙で一杯になってたちまち溢《あふ》れ出た。涙は次々と頬を伝い落ちた。波乃が手巾を渡すと、ヒナは頭をさげてから目に押し当てた。

「ごめんなさい。……哀しくて泣いているのではないの。あたし、うれしくって。うれしすぎて」

途切れ途切れにそう言うと、目に当てた手巾を両手で押さえ、声を忍ばせて肩を激しく震わせた。それがヒナなりの号泣なのだろう。波乃も泣きたかったが、ヒナを見ていると堪《こら》えるしかなかった。

「あたし、なんとしても、全翁さんの気持に応えたいです。応えなければ、一番大切な人を哀しませてしまいますから」

そう言いはしたものの、ヒナの顔はたちまちにして自失の色で覆われてしまった。

「だけど、どうすればいいのでしょう。波乃さん、あたし、どうしたらいいの」

「わかりません。だってヒナさんの、これからの人生ですもの」

波乃は甘い言葉で慰めてはならないと直感した。だからヒナのためと敢えて突き放したが、呆然《ぼうぜん》としたヒナの顔を見せられては、とてもそのままではすまされない。

「ただ、あたしは思うのですけど、全翁さんはヒナさんにいろんなことを、学んでほしいのではないかしら」

言った瞬間、いけない押し付けになってしまうと波乃は後悔した。しかし言った言葉は取り消せない。

「いろんなことって」

「例えば算盤《そろばん》」

「算盤、ですか」

「読み書きは習ったそうだけど、習字も憶えたほうがいいと思います。手紙の遣り取りもするようになるでしょうから。料理もちゃんとできるといいですね。今は全翁さんとヒナさんが食べる物だけだからなんとかなっても、お客さまに出せる品が作れるようになると、全翁さんはとても喜ばれると思いますよ」

「料理ですか」

ほとんど怯《おび》えに近いその問いは、貧農の育ちからくる負い目だろう。食べることに汲々《きゅうきゅう》としていたヒナにとって、料理はべつの次元の話だったのかもしれなかった。

逆転はむりでも、ヒナの気持を沈んだままにしてはおけない。少しでも軽くしなければ。

「実はあたし、料理がまるでできないのに、信吾さんといっしょになったの。だから料理がいかに大事かよくわかるわ」

ヒナは信じられないという顔になった。

「急に押し掛け女房になったでしょ」

「あら、波乃さん。押し掛け女房って、大抵は急なのではないですか。ゆっくりだと、押し掛けにならないでしょ」

波乃にすれば「してやられた」だが、ここは強引に押し切るしかない。

「なにしろ縫物はなんとかできるけど、料理はからっきし駄目だったの。仕方ないから母さんが、嫁入り先に女中さんを付けてくれてね。半年のあいだ料理のことを教えてもらって、なんとか人並みになれたのだけど」

「半年もですか。でも、波乃さんはお嬢さんだから」

「全翁さんはヒナさんをとても大切に思っていますから、お願いすればなんだって叶えてくれると思いますよ」

「でもいろいろあるのに、なにもできないのですよ。一体なにから手を付けたらいいのでしょう」

「ヒナさんが一番やりたいことね。まず、なんとしても憶えたい、学びたいこと。全翁さんに頼めば手習所、寺子屋とも言いますけど、そこにだって通わせてもらえますよ」

「村にも寺子屋はあって、お住職《じゅっ》さんが五日ごとの朝、教えていたようです」

ようですということは、ヒナは通えなかったということだろう。辛いことを思い出させたなと、波乃は軽い後悔に囚われた。

「ヒナさんは十九だから、子供といっしょに通うのは、ちょっと恥ずかしいわね。あッ」

波乃が自分でも驚くほどの声を出したので、ヒナは腰を浮かし掛けたほどであった。

「ごめんなさい。一番いい方法があったのに、気付かないでいたわ。全翁さんよ。商家のご隠居さんでしょ。読み書きやお習字、算盤なんかはお手の物よ。料理だけはできないでしょうけど」

「全翁さん、ですか」

「あッ」と言ってから、波乃は照れ笑いをした。「二度も驚かせてしまったわね。ヒナさんは人と話すときは、身内に『さん』を付けてはいけないって、教えられたんじゃなかったですか」

「そうですよ。厳しく教えられましたから」

「今、全翁さんって言いましたよ」と目を閉じたが、波乃はすぐに開けた。「ヒナさんは最初からずっと、全翁さんで通していますよ。ご亭主にさんは付けない決まりでしょう」

「だけど大恩人ですもの、とても呼び捨てになんてできません」

「そうよね。親子ほど齢が離れていてしかも大恩人となれば、全翁なんて呼び捨てにしたら罰が当たるに決まってるもの。だったらそれで通すしかないわね。ヒナさんは全翁さん、あたしは信吾さんでいきましょう」

「そうしましょうよ。そうしてください」

「となると全翁さんに、なにから順に教えてもらうかだけど。読み書き、お習字、算盤、俳諧なんかもいいかもしれない。全翁さん、きっと大喜びされますよ。若いお嫁さんと今まで以上にいっしょにいて、付きっ切りで教えられるのだもの。となると、なにからにしましょうか」

「あ、それ。あたしが自分で考えます。だって自分のことですもの」

「順番もね」

「順番ですか」

「だって一つじゃないでしょう。あれもこれもって、一杯ありますからね。全部一度には教えてもらえないから、順位を付けなければなりませんね」

「このあと一人で、じっくり考えてから決めますから」

ヒナはきっぱりと言ったが、目の輝きがそれまでとはまるでちがっていた。

上気したその顔を見て波乃は安堵《あんど》した。あのなんとも頼りなげだったヒナが、自分で考え、自分で決めますと言ったのだ。

ヒナは地べたから身を起こしただけで、足を踏み出してもいないと全翁は言った。ヒナはその一歩を踏み出したのである。

今のヒナを見たら、全翁はどれほどうれしく、安心することだろう。波乃は一刻も早く信吾に報告したかった。報告したくてたまらなくなったのだ。

おコンさん

一

「生き物には人の言葉、喋《しゃべ》ることが、どれくらいわかっているのでしょうか」

ぽつりと洩《も》らしたのは、毎日でも通いたいほどの将棋好きだと言って憚《はばか》らない吉蔵《きちぞう》である。ところが自由になれるのは夜が主とのことで、昼間しかやっていない将棋会所には、月に三度か四度しか顔を見せられない。本人はそれが残念でならないらしいが、どうやら吉蔵の置かれた曖昧な立場によるもののようであった。

吉蔵は下谷車坂町《したやくるまざかちょう》で鼻紙入や紙莨入《かみたばこいれ》、革提銭入《かわさげぜにいれ》などを商う桔梗屋《ききょうや》の次男坊である。手習所を終えると奉公に出ないで家業を手伝っているが、どうするのが本人にとって一番よいか、親や兄の考えが決まらないのだろう。商家の婿養子となることを望んでいるのか、暖簾《のれん》分けしてくれるのか、生涯にわたり兄を支えてすごすことになるのか、それがはっきりしないので吉蔵は落ち着かないようであった。

「生き物とおっしゃると」

対戦相手で粗忽者《そこつもの》の隠居の三五郎《さんごろう》が、関心のなさそうな調子で訊《き》いた。

「身近な生き物、それも犬や猫のような獣ですね。鳥や虫には人の言葉はわからないでしょうから」

対局中に敵手《あいて》の気持を攪乱《かくらん》はむりとしても、混乱させるために奇抜な、あるいは謎めいたことを話し掛ける者がたまにいる。吉蔵の問いをどう受け止めたかはわからないが、三五郎は軽く受け流した。

「かといっても獣だからねえ。それにおなじ犬猫にしたところで、賢いのもいれば、どうしようもなく馬鹿なのもおりますよ」

「ちょっと失礼します」

信吾が思わず声を掛けたのは、吉蔵がまじめに話しているのに、三五郎の対し方がいい加減に感じられたからであった。

「吉蔵さんは、生き物には人の言葉や喋る意味がわかるのではないかと、強く感じられたことがあったようですね」

「強くというほどではありませんけれど、どこまでかはともかく、わかるにちがいないと思ったものですから」

「でしたら是非お伺いしたいですね。……いけない、勝負の邪魔をしてしまいました」

信吾は吉蔵よりも、むしろ三五郎に対して言い訳をした。

「いや、かまいませんよ」と、三五郎は言った。「それになんだかおもしろそうですし」

本音かどうかはわからないが、であればというふうに信吾が見ると、吉蔵は戸惑い気味に言った。

「他愛無《たわい》い話で笑われるかもしれませんが」

「いえね、吉蔵さん。人が話すことはかなりわかっているのではないかと、わたしも感じたことがありましたから。生き物は人の言葉で喋ることはできませんけれど」

話を聞きたい信吾が誘い水を向けると、躊躇《ためら》いを見せてから吉蔵は話した。

「祖父の隠居所が根岸《ねぎし》にありまして。わたしは父に言われて、十日か半月に一度はようすを見に行っております」

家族といっしょに住んでいればなにかあってもすぐに対処できるが、浅草からはいくらか離れているのと高齢ということもあるからだろう。

「お祖父《じい》さまが犬か猫を」

信吾の問いに吉蔵は首を振った。

「狐《きつね》です」

意外に思った者が多かったらしく、ほとんど全員が盤面から顔をあげて吉蔵を見た。将棋会所では黙々と指している人がほとんどなので、ひそひそ話でないかぎり、会話は自然と耳に入る。

「狐ですって。……あッ、失礼」

おおきな声を出したのを詫《わ》びてから、隣席で対局中の素七《そしち》は声を落として訊いた。

「狐を飼ってらっしゃるのですか」

「いいえ。飼ってはいないのですが、いつの間にか狐、それも女狐が住み着きまして」

「隠居所に女狐が住み着いたとなりますと、おだやかではありませんね。お祖父さまは何歳に」

その場の人たちを笑わそうと思ったのではないだろうが、将棋会所の家主である甚兵衛《じんべえ》が意味ありげな訊き方をした。言われて吉蔵は苦笑を漏らした。

「祖父が若い女を、ですか。それはないと思いますよ。なにしろ還暦をとっくにすぎて古稀《こき》に近いですから、若い女をなんて考えられません」

「まだお若い吉蔵さんには、おわかりでないかもしれませんが」と話に加わったのは、桝屋良作《ますやりょうさく》であった。「あちらのほうは人によって差と申しますか、随分と開きがあるようでしてね。四十代半ばで終わる人もいれば、還暦どころか古稀をすぎても、というお盛んな方もおいでですから」

「そのいい見本が桝屋さんその人です」

と言って一座の人々を笑わせたのは、甚兵衛であった。桝屋良作と首位を争う力量だからこそで、棋力のない者が言えば顰蹙《ひんしゅく》ものだろう。

「みなさんの誤解を招くようなことは、言わないでもらいたいですね、甚兵衛さん。もっとも、どなたも本気にはなさっていないでしょうが」

いえいえとでも言いたそうに、甚兵衛は何度も首を横に振った。

「あれは三月ほどまえでしたかな。てまえが離れ座敷の隠居所を訪れたとき、桝屋さんは随分とあわててらした」

言われた桝屋は首を傾《かし》げたが、それを横目で見て甚兵衛は続けた。

「女物の履物を隠そうとされたようですが、てまえがそれに気付くのが早かったからでしょうね。まるで仕方ないとでもいうように、若い女の人を姪《めい》ごさんだと紹介されたのですけれど」

「ああ、あのことでしたら正真正銘の姪っ子ですよ、甚兵衛さん。そのような言い方をなさると、勘ちがいされる方が。それより話の腰を折っては、席亭さんと吉蔵さんに対して失礼ではありませんか」

「いけません」と甚兵衛は、わざとらしく額を掌《てのひら》で叩《たた》いた。「そうでした。狐の話でしたね。それをどなたかが、女狐の話にすり替えたものだから」

「わたしの記憶では、それをなさったのは甚兵衛さんだったと」

信吾がそういうと周りから一斉に笑いが起きたので、横道に逸《そ》れていた話を本道にもどすことができた。

「根岸の隠居所にお住いのお祖父さまと女狐の話でしたね、吉蔵さん」

「祖父は住みこみの年寄り夫婦に、炊事と洗濯、それに掃除など身《み》の廻《まわ》りの世話をしてもらいながら、のんびりと日々をすごしておりまして」

「その隠居所に、狐の夫婦《みようと》が住み着いたのですか」

信吾の問いに吉蔵はうなずいた。

「夫婦ではなくて雌《めす》の狐がいつの間にか住み着いて、しかも仔《こ》を産んだのです。もっともそれに気付いたのは、少し経《た》ってからだそうですが」

「根岸は上野の山内《さんない》に近いですから」

担ぎの小間物屋として、長いあいだ江戸中を売り歩いた平吉《へいきち》がそう言った。苦労の末に五十歳くらいで小間物屋の見世を開き、今は息子夫婦に任せて隠居の身である。

だれもが怪訝《けげん》な顔になったので、平吉はその理由に思い至ったらしい。

「江戸で一番多く狐や狸《たぬき》を目にするのは、実は上野のお山とその近辺なんですよ。広大な土地にお寺さんが集まっているので、あちこちに木立がありますからね。林や草地には野鼠《のねずみ》や小鳥などの、狐の餌になる生き物が多いからでしょう。それにお坊さんは殺生しませんし、邪険に追い払ったりもしない。狐や狸にとっては棲みやすいのだと思います。根岸は上野のお山の山裾にありますからね。浅草寺《せんそうじ》の奥山や市谷《いちがや》から牛込《うしごめ》にかけてでも、よく見掛けました。根岸の隠居所に狐が住み着いたのは、なんのふしぎもないと思いますけれど」

担ぎの小間物屋だった平吉だけに、言うことに説得力があった。「上野のお山には野良犬も多いのではないですか」と、訊いたのは素七であった。「野良犬の群れに襲われたら、狐はたまったものじゃないと思いますが」

「狐は臆病なだけに慎重でしてね。斜面や草地などに穴を掘って巣を作っているのですが、出入り口を一ヶ所じゃなくて、四つも五つもこさえています。それに狐は犬よりも少しちいさい上に細身ですから、犬は穴に潜りこめないし、入ったとしても、進むのに苦労しているあいだに、狐は楽々逃げられます。巣はもともと仔狐の安全のためのもので、母狐は仔を産む前後しか巣にはいないそうです」

「祖父もそのことは言っていました」と、吉蔵はうなずいた。「仔を産んで育てる部屋、つまり巣はある程度の広さがありますが、出入り口や通路はとても狭いそうです。犬も簡単には入れません」

「しかも出入り口が何ヶ所もあれば」

素七の考えに平吉は首を横に振った。

「狐は雄雌の番《つがい》が多いようですが、犬は鼻がいい上に群れを作ります。出入り口がいくつあろうと、犬の群れが全部の穴を押さえると逃げられませんよ」

「しかし犬にしたって、穴のまえでいつまでも待つことはしないで、ある程度で諦めるのではないですか」

「となると、根競《こんくら》べになりますね」

「最初に触れられた、生き物には人の言葉、喋ることが、どれくらいわかるかとの話にもどりたいと思いますが」と、信吾は吉蔵に訊いた。「狐が人の言葉をわかるとしか思えぬことが、実際にあったのですね」

「祖父によりますと、狐の巣は一つではないそうです。隠居所の裏の斜面に穴を掘って巣にしていますが、それとはべつに家の床下にも巣らしきものを持っていましてね。祖父は狐が床下に巣を作っていることなど、まるで知らなかったそうです。ある日、クンクンとかケンケンという声で」

「狐はコンコンではないのですか。それにケンケンは雉《きじ》の鳴き声でしょう」

信吾がそう言うと吉蔵はうなずいた。

「気分がいいときにはコンコンまたはケンケン、そうじゃないときには、ギャアギャアとかクヮイクヮイとか聞こえるそうです。ただ遠くとか近く、それに天気のいいときとか雨催《あめもよ》いのときなどで、かなりちがって聞こえると言っていました。祖父が聞いたクンクンとかケンケンとの鳴き声は、仔狐のものだったようです。最初は仔犬だと思ったそうでしてね。野良犬が床下で仔を産んだのだろうと」

気が付くとだれもが勝負を中断して、話に聞き入っていた。ほとんどの人が初めて耳にすることなので、興味を搔《か》き立てられたのだろう。狐が行動するのは大抵は夜ということもあって、めったに姿を見ないし、見掛けたとしても、鳴き声や習性まではわからない人が多いはずだ。

二

話の流れで信吾は話の方向が見えてきた。

「仔を産んだ狐が床下に住み着いたことに気付いたお祖父さまは、餌をやることにしたのではないですか」

「はい。隠居所の床下で仔を育てているのは、なにかの縁《えにし》だろうと。いかにも年寄りの考えそうなことですが」

「馬鹿にしてはいけませんよ」と、平吉が真顔で言った。「それこそ前世からの縁かもしれませんからね」

それには触れず吉蔵は続けた。

「餌といっても残り物ですが、それと水を与えているそうです。住みこみで祖父の世話をしている年寄り夫婦は、ともに動物が好きなので、餌や水は用意させているとのことでした。年寄りと言っても祖父よりはかなり若いですが、与えるのは祖父の役です。それまで祖父は、隠居所やその周辺で狐の姿を見たことはなかったとのことでしてね。夕食のあとで餌皿と水を入れた碗《わん》を縁の下に置いておくと、次の日の朝には両方とも空になっていたそうです。おそらく野良犬だろうと、ずっと思っていたらしいのですが」

ある夜、祖父が便所《はばかり》で小用を足し、手水鉢《ちょうずばち》で手を洗っているとき、視野の片隅でなにかが動いたような気がした。念入りに目を凝らしたが、なにもいないので気のせいだと思ったそうだ。

しかし何度かそういうことがあったので、音を立てず気配を殺してようすを窺《うかが》っていると、仔狐が月光の下で戯れ始めたのである。床下で仔を育てているのは野良犬ではなくて狐だったことに、祖父はそのとき初めて気付いたのであった。

「無邪気にじゃれあうさまは、まるで仔犬そのものだそうでしてね。だから次の日、餌皿と水を入れた碗を置きながら話し掛けたとのことでした」

「でも狐には、人の言葉はわからないのではないですか」

「だと思いますが、祖父は自分のことは恐れなくていいと、言いたかったのでしょうね。聞いているかいないか、わかるかわからないに関係なく、毎回、おなじ調子で語り掛けたそうです。すると何日かして、仔狐が姿を見せましてね。だけど母狐の強い叫び声で、すぐに姿を消したそうです。それでも祖父は毎夜、話し掛けました。それだけでなく、狐の好物の油揚げを、軽く炙《あぶ》って皿に載せてやったそうです。翌朝、皿はきれいになっていました」

「狐は犬とおなじで、人の食べる物ならなんでも喰《く》うでしょう」

「初めは母狐が餌を喰って、仔狐に乳を飲ませていたのでしょうが、やがて乳離れしましてね。そのころから、仔狐が姿を見せるようになったそうです。それでも六尺（約一八〇センチメートル）以上は、絶対に近付かなかったとのことでした。そのうちに母狐も姿を見せるようになりましたが、呆《あき》れるくらい臆病なんですね。ゆっくり話し掛けて、なるべく動かないようにしなければならないと言われました。ちょっとでもおおきな声を出したり、急な動きをしただけで、素早く姿を消すそうです」

「生き物はなんだってそうですよ」と、甚兵衛が言った。「浅草寺の鳩《はと》は図々《ずうずう》しくて、一尺（約三〇センチメートル）近くまでやって来ますが、ちょっとでも急な、あるいはおおきな動きをすると一斉に飛び立ちますから」

「狐は特にそれが強いみたいですが、そうでないと生き延びられないのでしょうね」

そう言った吉蔵は、信吾にちらりと見られてすぐに意味を理解したようだ。

「仔狐は二匹いました」

吉蔵がそう言うなり島造《しまぞう》が割りこんだ。

「だとすれば、その母狐は初産《ういざん》であろうな」

どういう意味なのかとだれもが興味を示したので、島造はいつものごとく知識をひけらかせた。

「狐は普通三匹から五匹の仔を産むが、最初の仔は一、二匹と少ないことが多い。乳を含ませたり、糞尿《ふんにょう》の始末に慣れていないこともあって、初仔は少ないのだと思われる。糞尿は母狐が舐《な》めてうながし、出れば舐め取るからな。乳首は犬は五対十個だが、狐は四対八個ついているので、八匹までなら乳を飲ませられる計算だ。しかし八匹分の乳を出すとなると、母狐はひたすら喰い続けねばならん。だから三匹から五匹が多いのだろう。乳首は八つあっても、二つか三つはちいさかったり、乳が出ぬこともあるらしい」

「すると吉蔵さん。仔狐が生まれてから、事情が変わったと申しますか、なにごとかがあったということですね」

島造がいつまでも蘊蓄《うんちく》を傾けそうなので、信吾はさり気なく話をもどした。

「仔狐が乳離れすると、ひもじい思いをさせてはかわいそうだと、それまでより餌を多めに与えたそうです。すると困ったことになりましてね」

「多めに与えたために、ですか」

「喰い散らすようになったのです」

「縁の下に餌皿を置いてやったと、おっしゃいましたが」

「ええ。最初は残り物を与えていたのですが、そのうちに煮魚や焼き魚などを多めに作ってやったそうでして。祖父の世話をしている年寄り夫婦は、いくらなんでも狐には贅沢《ぜいたく》だと渋ったそうですが」

「多すぎて食べきれなかったのですね」

そう訊いたのは、両国《りょうごく》から通っている茂十《もじゅう》であった。吉蔵はうなずいてから続けた。

「狐の仔は生まれて五十日くらいまで母の乳を飲みますが、ひと月もすれば親とおなじ物を喰うそうです。つまりしばらくは乳を飲み、餌も喰うということです。初めは骨まで嚙《か》み砕いて食べていたそうですが、たっぷりと与えたからでしょうね。頭やまだ肉の付いたままの骨を残すならまだしも、喰い散らかすようになりまして。それが腐って厭《いや》な臭いを出しますので、閉口した祖父は、床下からじっとこちらを見ている母狐に言い含めたそうです。食べきれないなら、喰い散らかさずに皿の上に残しておきなさい。こちらで捨てるから。でないと臭いを嗅いで犬がやって来るぞ。仔狐が襲われたらどうするのだ、と」

「すると、以後は食べ散らかさなくなったのですね」

茂十に言われて吉蔵はおおきくうなずいた。

「だけどそれだけで、狐が人の言葉をわかると決め付けていいでしょうか」

桝屋が疑問を呈すると、共感したらしく何人もがうなずいた。しかし、人の言葉や喋る内容がどれくらいわかるのだろうかと、最初に言っておきながら、吉蔵にはわかるはずだとの確信があるようだ。

「喰い散らかすと犬がやって来るぞと祖父は母狐に注意しましたが、するとぴたりと止《や》んだのですよ。母狐が祖父の言ったことをわかり、仔狐を叱ったとしか考えられないではありませんか」

「犬や猫は常に人の傍《そば》にいますから、人の言葉の意味そのものはともかく、どういうことを言われているかくらいはわかるかもしれません」と、桝屋もあとには退《ひ》けない。

「だけど夜だけ出て来て、しかも人を見るなり逃げ出す狐を、犬や猫とおなじように扱う訳にはいかないのではないですか」

「ですが骨や頭なんぞを皿に残して喰い散らかさなくなったのは、母狐には祖父の言ったことがわかったからだと、思うしかないでしょう」

「水掛け論になりそうなので、その辺にしておきませんか」

　信吾は席亭として、あまりこじれぬうちに納めた。

　番犬の波の上や猿曳《さるひ》き（猿廻し）の誠《まこと》が連れて来る猿の三吉《さんきち》と、何度も遣《や》り取《と》りをした信吾は、全面的に吉蔵の意見に賛同したい。ところが遣り取りをしたといっても、厳密には言葉による会話ではなかった。

　信吾の思っていることが相手の心に届き、相手の思いがこちらに伝わることはまちがいない。とはいっても、通常の意味での対話をした訳ではないからである。

「狐や狸に誑《たぶら》かされた人の話を、耳にしたことがありますよ。夜の遅い時刻とか明け方近く、あるいはどんより曇って月も見えぬ夜などが多いようですね。いつもの道を家路に急いでいたのに、なぜか迷ってしまって、気が付くと原っぱのおなじ場所をぐるぐる廻っていた、という話なんかを」

素七がそう言うと、それまで黙って常連たちの話を聞いていた夢道《むどう》が反応を示した。

「でもそれは、狐や狸に化かされたとは言い切れないでしょう。それにぐるぐる廻りをしたかもしれませんが、狐と言葉を交わした訳ではありませんからね」

「その手の話は、狐狸《こり》の仕業だとは言い切れないのではないですか。呑《の》み屋《や》の女と意気投合して一晩すごし、女房に問い詰められても正直に言えないものだから、狐や狸に騙《だま》されたとごまかしたにちがいありません」

「三五郎さんはおかみさんに、そんなふうに言い訳したのですね」

甚兵衛にからかい気味に言われて、三五郎はおおきく手を横に振った。

「浅草寺の裏手の田圃《たんぼ》で、でしたが」

「ああ、新吉原でしたら、あの里の女は客を騙すのが仕事ですから」

「いや、てまえのことではありませんよ。まだ若い女の人に吉原田圃の中の道で、心細いから途中まで送ってもらいたいと頼まれた人がいたそうです。家まで送り届けると、せっかくだからひと休みして、お茶でも飲んでくださいと言われましてね。そうこうしているうちに、風呂が沸いたので汗を流してはどうですかと」

「いい気分でその気になったら、肥溜《こえだ》めに浸《つ》かっていたと言うんだろ」

島造は皮肉っぽく言ったが、三五郎も負けてはいない。

「でもそうなったのは、狐の化けたであろう若い女とあれこれ話せばこそでしょう」

「そういう狐がいないとは言い切れんが、人と話せるとなるとよほどの古狐だろうな」

将棋会所「駒形《こまがた》」では、なにかの拍子で雑談に花が咲くことがある。その日も狐狸から妖怪の話、果ては幽霊にまで拡《ひろ》がって、だれもが対局を中断して話に夢中になった。

信吾はいつもなら、「みなさん、ここがどういうところかご存じですね。将棋会所でございます。ですから対局を楽しもうではありませんか」などと言うことにしている。だがそれはやらなかった。

三

縁の下は暗い。でありながら提灯《ちょうちん》の明かりに照らされた狐の体毛が、なんともきれいな赤褐色であることに、信吾は驚きを覚えずにいられなかった。しかも尻尾が太くて長い。鼻先から尻尾の先端まで三尺四、五寸（一〇二センチメートル強）くらいだが、その三分の一が尻尾であった。太く見えるのは骨ではなく毛のせいだろう。

間近で見ると、狐の耳は驚くほどのおおきさである。細く尖《とが》った吻《くちさき》や、瞬時として警戒を解かない鋭い目も印象的であった。だが頭とか全身との比率で、耳が異様なほど巨大に映る。それは日ごろ犬の耳を見慣れているから、そう感じるのかもしれない。

信吾にとってそれ以上に意外だったのは、狐の目、瞳孔である。人や犬などほとんどの生き物の瞳孔は丸いが、狐のそれは猫のように縦長だったのだ。

こういうことは、実見して初めてわかることであった。


信吾は将棋客の吉蔵に頼んで、かれの祖父吉右衛門《きちえもん》が母狐や仔狐に餌と水を与えるところを、見せてもらうことにした。見せてもらうだけでなく、話せるかもしれないと期待していたのである。

信吾が狐の母仔を見せてもらうというと、波乃は自分も見たいと言ってとても残念がった。波乃の出産予定は五月だが、姉の花江《はなえ》が早産だったこともあり、母のヨネは三月中旬から信頼している女中のモトを黒船町の借家へ寄越《よこ》した。

炊事や洗濯、掃除など身の廻りの世話のためである。そして四月の中旬には、波乃は阿部川町にある実家に身を寄せた。姉の子の元太郎《げんたろう》を取りあげた産婆のお伝《でん》さんが、近くに住んでいるからだ。

信吾は数日置きに、阿部川町の楽器商「春秋堂」に波乃のようすを見に行っている。昼間は将棋会所に詰めていなければならないし、飛び飛びにではあるが相談の仕事も入った。相談客に会うのは大抵は夜なので、その合間に出掛けることにしていた。春秋堂は黒船町の借家からは、八町（九〇〇メートル弱）ほどしか離れていない。

その折に狐母仔のことを話したのである。豆狸《まめだ》に頼まれて、信吾は母狸の怪我《けが》が治るまで餌を与えたことがあった。豆狸は立派な雄狸に成長した姿を、ときどき見せに来ていた。波乃も何度か会っているが、狐は見たことがないとのことだ。

波乃は狐母仔に会いたがったが、子供が生まれてからということにして、信吾は一人で見せてもらうことにしたのである。

吉蔵が狐に餌をやるのを見せてもらいたい人がいると言うと、吉右衛門はふしぎでならないという顔をしたそうだ。吉蔵の通う将棋会所の席亭で、相談屋もやっていると話すと、であればいっしょに夕餉《ゆうげ》をいただいてから、狐の母仔に餌と水を与えるとしよう、ということになったのである。

七ツ（四時）ごろに将棋客たちが帰ると、信吾は常吉《つねきち》と片付けをしたが、木刀の素振りと鎖双棍《くさりそうこん》の鍛錬をする時間は取れなかった。

吉右衛門が晩酌を欠かさないと聞いていた信吾は、東仲町の宮戸屋に寄って、母の繁《しげ》に極上の下り酒を一升徳利《とつくり》に詰めてもらった。信吾が吉右衛門や吉蔵と食事するので、小僧の常吉は宮戸屋で食べさせてもらうことにした。

下谷車坂町の桔梗屋で吉蔵と落ちあった信吾は、根岸にある吉右衛門の隠居所を訪れた。さすがにあわただしく、約束の六ツ（六時）になんとか間にあったのである。

かつて商家のあるじであっただけに、吉右衛門は話し上手の聞き上手であった。信吾は気が付くと、相談屋の仕事について巧みに訊き出されていた。

「楽しい話の続きはのちほど伺うとして、そろそろ餌を持って行ってやりましょうかね」

吉右衛門がそう言うのを待っていたように、障子の向こうで声がした。

吉右衛門を世話している夫婦の、女房のほうが「旦那さま、餌の用意ができました」と告げた。おなじ調子で亭主が、「念のため提灯も灯《とも》しておきましたので」と言った。

夫婦の背後、庭木の樹冠の彼方《かなた》で星が輝いている。吉右衛門が信吾に念を押した。

「おわかりではありましょうが、なるべくゆっくり動いて、静かに話してくださいよ。おおきな声を出したり急な動きをしますと、狐はそれだけで姿を消しますので」

女房が皿を三枚と水の鉢を乗せた、おおきな盆を用意していた。亭主がそれを運んで、信吾たちが続いたが、戸口を出て外縁に廻るまで、女房が提灯で足元を照らしてくれた。

亭主が盆を縁先の地面に置き、女房が提灯を木の枝に掛けると、二人は姿を消した。

「今日はいつもより遅くなってすまなかった。腹を空《す》かしたのではないのか」

静かに語り掛けながら吉右衛門は、開いて焼いた鰺《あじ》を載せた皿を地面に並べた。「ぜんご」あるいは「ぜいご」と呼ばれる、体側の鋭く硬い突起は取り除いてあった。まるで人に対するようで、獣にはすぎた配慮と言うしかない。

しばらく待ったが、狐は母も仔も姿を見せようとしなかった。

「どうしたのだ。遠慮しているのか。知らぬ人がいるからだな。わたしの孫の吉蔵は知っておろう。この人はお客さんで、吉蔵の知りあいの信吾さんだ。おまえたちが餌を喰うところを見たいそうだから、気にしないで普段どおり食べてかまわないぞ」

吉右衛門は餌を与えながら話し掛けると吉蔵は言ったが、いつもは言葉数も少ないのだろう。ところが吉右衛門だけでなく吉蔵、さらに信吾が加わり、しかも提灯で照らしているのである。臆病で慎重な狐が警戒するのは、当然かもしれなかった。

仔狐を引き連れた母狐は、床下や家裏の斜面でさえ常に居場所を変えているとのことである。吉右衛門によると犬や貉《むじな》のような獣だけでなく、鷹《たか》や梟《ふくろう》などの猛禽《もうきん》から仔狐を護《まも》るためであるらしい。

もしかすると人が退散するのを待ってから食べる気でいるのかと思ったが、まず仔狐が一匹、そしてもう一匹も姿を見せた。おいしそうな匂いがするので、空腹に耐えられなかったのかもしれない。続いて母狐が出てきたが、ガツガツと喰い始めた仔狐を見守って、自分は食べようとしなかった。

「あれ、母狐と仔狐は、目の色が随分とちがいますよ」

よく見ると母狐の目の色は明るい褐色のいわゆる狐色だが、仔狐たちは焦げ茶色をしている。提灯の明かりで見てもわかるくらい、色と明るさがちがっていた。

「信吾さんはよく気が付かれましたね」と、吉右衛門が言った。「仔狐の瞳は生まれたばかりのときは水色をしていますが、半月もすれば焦げ茶色に変わります。そして二ヶ月ほどで親とおなじ狐色になるのです」

瞳の色のちがいに気付きはしたが、信吾の思いはべつのところにあった。

――教えてもらいたいのだけれどね。

信吾は番犬「波の上」や猿の三吉に対するのとおなじ調子で語り掛けたが、狐の母仔に驚愕《きょうがく》という言葉では言い表せないほどの衝撃を与えたのがわかった。

母狐がその場で、二尺（約六〇センチメートル）ほども跳びあがったのである。縁先の地面だからよかったが、床下だと背中を打ち付けていただろう。

仔狐たちは跳びあがりこそしなかったが、石のように固まって、真ん丸に見開いた目で信吾を見た。体が強張《こわば》ってしまって、動こうにも動けなかったのかもしれない。

「一体どうしたというのだね。そんなにびっくりすることはないじゃないか」

信吾が狐に語り掛けたことなど知りもしない吉右衛門は、狐母仔の異様としか思えない反応がふしぎでならなかったようだ。波乃なら、信吾が生き物と心を通わせることを知っているので、吉右衛門と吉蔵ほど驚かなかったのではないだろうか。いや、知っていても目を丸くしたであろうほど、母狐と仔狐の動作と表情は意外であったようだ。

――びっくりさせて申し訳ない。

信吾が謝ると、母狐はかなりの間を置いてから反応した。

――あ、あんた。……人だよね。人だろ。人なのに……。

なぜ狐に話し掛けられるのかが、理解できないにちがいない。母狐も吉右衛門に負けぬほどと言うべきか、経験したことのない混乱に陥ったようだ。

母狐は注意深くようすを窺って、教えてもらいたいと頼んだのが信吾だと見極めたらしかった。

――どうか落ち着いておくれ。

――ああ、落ち着かなければとは思うのだけどね。

四

「一体、どうしたんでしょう」と吉右衛門が、首を傾げながら信吾に言った。「狐がこんな姿というか、顔を見せたのは初めてですよ」

「吉右衛門さんだけじゃないからだと思いますけど」

そう言うなり、信吾は母狐に静かに話し掛けた。

――なにも心配することはないから、ともかく仔狐たちに食べるように言ってくれないかな。お腹《なか》を空かせているはずだから。

「いつもはてまえ一人なのに三人もいて、しかもじっと見ているからでしょうかね」

吉右衛門は吉右衛門で、しきりと考えているようだ。

「かもしれません。提灯を点《つ》けたままだし」

狐の目は特殊な構造になっているらしく、提灯のそれほど強くない光にさえ反応して反射した。

「消しましょうかね、信吾さん」

「いや、少し馴《な》れてきたようです。消さないでも大丈夫でしょう。ご覧なさい、仔狐たちが食べ始めましたよ」

吉右衛門を安心させてから、信吾は母狐に言った。

——心配しないで食べたらどうだい。この人たちが悪い人じゃないってことは、わかっているだろう。

じっと見てから母狐は言った。

——信吾さんだったよね。あたし、あんたを信じることにするわ。

人と狐の双方に信吾は気を遣わねばならないだけでなく、吉右衛門と吉蔵には生き物と喋れることを知られてはならなかった。もっとも知られたとしても、二人は信じようとはしないだろうが。

ほどなく母狐も食べ始めたので、吉右衛門はようやく安心したようだ。ガツガツと貪り喰っていると頭が、そして顔が揺れ動くのだが、そのたびに目が強い金属光を放つ。狐が神秘的な生き物だと思われているのは、そういうことも影響しているのかもしれない。

母仔が食べるさまをしばらく見てから、吉右衛門が言った。

「ではわたしたちは、この辺で引き揚げるとしますかね」

「お二人はそうなさって、先に呑んでいてください。すぐにあとを追いますから。こんな機会は二度と得られないでしょうから、わたしはもう少し見させてもらいます」

吉右衛門と吉蔵は目顔で遣り取りしたようだが、「それでは」と言い残して姿を消した。

生き物はいつ危険な目に遭うか、なにが起きるかわからないからだろう、餌をまえにすると貪り喰う。母仔はあっという間に平らげてしまうと、ぴちゃぴちゃと音を立てて水を飲んだ。

母狐は自分の口の周りを念入りに舐めると、続いて仔狐たちの顔、特に口の周囲を舐めてやった。臭いが残らないようにとの周到な処理なのだろうか。そうしなければ敵に狙われやすくなるにちがいない。仔狐を舐め終わり、桃色をした舌でもう一度自分の口を中心に舐めると、母狐は信吾に目を向けた。

——教えてもらいたいって言ったよね、いっとう最初に。

信吾の頼みを憶《おぼ》えていたとなると話を進めやすい。どうやら落ち着きを取りもどしたようである。

——ああ。こっちが、つまり人がだけど、話していること、考えていることが、ちゃんとわかっているかどうかを知りたかったんだ。でも訊いた意味がなくなったよ。わかっているとわかったからね。

変な言い方をしたのがおかしくて、信吾はつい笑ってしまった。次に春秋堂に寄ったとき、波乃に話してやれば大笑いするにちがいない。

信吾が害にならないとわかって安心したらしく、腹を満たした仔狐たちはじゃれ始めた。ひょいと後肢で立ちあがった勢いを利用して相手に跳び掛かったりするさまは、仔犬となんら変わるところがない。

——あたしらがなにを思っているか、あちらさんにはわからなくてもね、あちらさんがなにを考えているかは、あたしらにはすっかりわかるのさ。

あちらさんとはどうやら吉右衛門らしいが、要するに人間総体ということだろう。となると、果たして信吾は含まれているのだろうか。母狐の口調からはわかりかねた。

——知らなかったけど、そうだったのか、おコンさん。

母狐が怪訝な顔をしたのは、信吾がうっかり名前で呼んだからだとわかった。落語に登場する雌狐を、噺家《はなしか》が「おコンさん」と呼んでいたのが頭に残っていたので、自然に出たのかもしれない。

——おコンさんって。

——あんたの名前だ。名前がないと話しにくいので、おコンさんと呼ばせてもらうよ。いいだろう。

——え、ええ。それはかまわないけど。

——するとおコンさんたち生き物には、人の考えや思いは筒抜けってことなんだな。ところが人は、生き物がなにを考えているかわからない。でも、どうしてそうなってしまったんだろう。

——あたしらはなにからなにまで気を配って、どんなことでも知ろうとしているけど、あんたらはそうじゃないからだと思う。

今度の「あんたら」には、信吾も含まれているはずだ。

——人は知ろうとしないのか。だけど、なぜだろう。

——大抵のことが、自分の思いどおりになるからじゃないかしら。自分たちが一番偉いと思っているので、ほかの生き物の言うことに耳を傾けようとしないのよ。もっとも傾けたところでなにも聞こえないし、わからないだろうけど。

——ずっと以前には、わかっていたのだろうか。

――だと思うわ。「聞く耳を持たぬ」を続けたから、いつの間にか、まるでわからなくなったんじゃないの。

――これは耳が痛いな。

言われてみれば思い当たることばかりであった。波の上や三吉と話していてなんとな

く感じていたことを、母狐は指摘したのである。

――人にどうしてもらいたい、というか、人はどうすればいいのだろう。

――なにもしないでほしいね。なるべくあたしたちに、関わらないでもらいたい。大

抵の生き物はそう思っているはずだよ。犬だけはべつだろうけど。

――しかし、この世にはいろんな生き物がいて、みんな関わりながら生きているのだ

からね。そうだろう、おコンさん。

――人は自分たちが一番偉いと勘ちがいして、ほかの生き物の言うことに耳を傾けよ

うとしないのだから、いまさらどうしようもないのではないの。

――だったら、なるべく耳を傾けるようにするよ。

――信吾さん一人が耳を傾けたって、どうにもならんと思うけどね。

――そうかもしれないな。

吉蔵に頼んで吉右衛門が狐に餌を与えるところを見せてもらうということだったので、

いつまでも話す訳にはいかなかった。

――いろんなことを教えてもらって、とても楽しかったよ。でも、そろそろ行かなくてはならない。なにか困っていることとか、吉右衛門さんにしてもらいたいことがあったら伝えておくけど。

おコンは少し考えてから、言いにくそうに口にした。

――餌を打ち切りにしてもらいたいんだけど、どうすればいいのかわからなくて。

思いもしないことを言われて、信吾は考えこんでしまった。しかし、はたと思い至ったのである。

――そうか。ちゃんと餌の獲《と》り方を教えておかないと、仔狐たちが独り立ちできないものな。かと言って、親仔でずっと餌をもらい続ける訳にもいかないだろうし。

――こんなことは考えたくもないけど、吉右衛門さんが亡くなれば食べ物はもらえなくなるのよ。餌の獲り方を知らないと、この仔らはたちまち飢えなきゃならないでしょう。飢えるだけならまだしも。

――わかった。吉右衛門さんに話してみるよ。だけど狐のことはよくわからないだろうから、あの人は与え続けるかもしれないね。

――そんな気がする。この仔らは、もらえるなら喜んで食べるにちがいないから。親に苦労の絶え間なし、よ。

――だったらこうすればいい。まるで手を付けないで、そのまま残すんだよ。一度は変に思っても、何度か繰り返せば吉右衛門さんなら気付くはずだ。

——この仔たちに食べさせないでおくのね。

——餌は縁の下でもらっているけど、巣はべつにあるんだろう。

——家の裏手の斜面に作ってあるわ。

——ともかく、仔狐たちに食べないで我慢させることだ。

——わかった。やってみる。

——大丈夫だろうね。

——そうしなきゃ、この仔たちが生きていけなくなるのだもの。

親が子供のことで気を揉《も》むのは、人も狐もおなじであるようだ。

五

信吾が座敷にもどると、吉右衛門と吉蔵はすでに呑み始めていた。

狐の母仔に餌を与えるまえに相談屋について質問した吉右衛門は、今度は将棋会所に関してなにかと訊き始めたのである。好奇心の強さには並々ならぬものがあり、しかも話の引き出し方が巧みで、相談屋の信吾が舌を捲《ま》くほどであった。

話が一段落したので、信吾は冗談半分に吉右衛門に言った。

「わたしの仕事に関しては、なにからなにまで知られてしまいましたね」

「いえいえ、ごくわずかでしかないでしょう。聞けば聞くほど信吾さんは、関心をお持ちのことの幅が広くて、しかも奥が深いのに驚かされます」

言っているところに世話係りの女房のほうが、燗《かん》の付いた銚子《ちょうし》を三本運んで、空になったのをさげた。それを機に信吾は話題を切り替えた。

「どうやら吉右衛門さんは、狐にねらい撃ちされたようですよ」

「えッ、どういうことでしょう。ねらい撃ちされたとは、おだやかじゃないですが」

「いつの間にか野良犬が住み着くことになって、とか、雨に降られてびしょ濡《ぬ》れになった猫が、なぜか居着いてしまって、などと、そのような話を聞くことがあります。そのままにできないので、乾いた布で拭いて餌をやったからかしら、などという話を」

自分が狐にねらい撃ちされたことと、どういう関係があるのかと言いたげに、吉右衛門は興味深げに次の言葉を待っている。

「野良犬や野良猫は普段からよく人を見て、やさしそうな人、自分の面倒を見てくれそうな人を探しているようですよ」

「それで信吾さんは、わたしが狐にねらい撃ちされたと」

「はい。草や木の背後から、あるいは縁の下の暗闇に潜んで観察を続け、このお人ならまちがいないと見極めたにちがいありません。臆病ものの狐がねらいをつけたのですから、吉右衛門さんがいかにやさしくておだやかであるかがわかります。だから安心して斜面の巣穴でお産し、床下で育てているのだと思いますよ。狐にすればねらいどおりだったということでしょうね。仔を産んだのを知ると、餌を入れた皿を並べて、相手が姿を見せなくても繰り返し話し掛けたのですから。こんなお人好《ひとよ》しは、めったにいるものではありませんよ」

取りようによっては度がすぎた好人物となるが、吉右衛門は良いほうに取ったらしく、しきりと照れた。

「べつに悪さをするではないし、お勝手の食べ物を盗む訳でもありませんからね。野良犬なんかより、ずっとおとなしいですし、すなおです。食べ散らかされて困ったときも、注意するとすぐに言うことを聞きましたから」

「ところであの仔狐たちは、乳離れしてどれくらいになりますか」

吉右衛門は少し考えてから答えた。

「かれこれひと月になりますかね」

「そうしますと、もう次の手は打たれたでしょうね」

「次の手を打つと申されると」

「犬猫は、おそらく狐もそうでしょうが、生まれて三、四ヶ月、長くても半年のあいだに、親は仔に生きてゆくために必要な技を、なにもかも教えこむそうです」

「なにもかも教えこむと申されると」

鸚鵡《おうむ》返しになっていることに、吉右衛門は気付いてもいないようだ。

「生きていくためにしなければならないことと、してはならないことですね。どんな生き物もそうですが、仲間がいれば敵もいます。仲間とは力をあわせて助けあい、敵からは協力して互いの身を護らねばなりません。ですから、それを知っていないと生きていけないのです」

「ああ、そういうことでしたら人もおなじですね」

「はい。特に大事なのが餌の獲り方でしてね。親は生まれて三、四ヶ月ごろまでに、しっかりそれを教えこむそうです。狐の餌は鼠や兎《うさぎ》、小鳥やその雛《ひな》、人の飼っている鶏、ミミズやバッタ、羽化のため地中から出てきた蟬《せみ》の幼虫、それにオサムシなどですが」

元商人だけに察しがよく、吉右衛門はすぐに信吾の意図を汲《く》み取ったようだ。

「すると、母狐が仔狐にそれを教える時期になったと」

「実はわたしは気付かずにいたため、注意されたことがありましてね」

「信吾さんが狐を近くで見るのは、たしか今日が初めてだとおっしゃっていましたよね。するとと犬や猫にでしょうか」

「狸です」

「狸ですか。……えッ、狸ですって」

思わずというふうに吉右衛門が笑ったのは、自分が狐を話題にしているので、信吾が対抗して狸を持ち出したと思ったからかもしれない。だがすぐに真顔にもどって首を傾げた。

「注意されたとのことですが、言葉がわからないのに」

そこまで言ってから、吉右衛門は明らかに冗談だとわかる口調になった。

「まさか信吾さんは、狸の言葉を喋れるなんて突拍子もないことを」

それについては肯定も否定もせずに、信吾は静かに語り掛けた。

「ある朝の早い時刻に豆狸がしきりと訴えるので、どうしたのかと思うと、母狸が人の仕掛けた罠《わな》に嵌《は》まったらしいのですよ。なんとか逃れられたものの、大怪我をして餌を獲れなくなったらしくて」

そこで少し間を取ると、吉右衛門も吉蔵も思わずと言うふうに身を乗り出した。狸とのあいだにどんな遣り取りがあったのかと、意表を衝《つ》かれた思いだったのだろう。

「それがわかったので毎日、縁の下に餌を入れた皿を置いてやりました。吉右衛門さんが狐の母仔にしてやったようにです。ほうっておけば餓死するしかありませんからね。仔狸の分も与えていたのですが、ある日、餌の皿が押しもどされましてね。そうしたのは怪我の癒えた母狸でした。しきりと訴えるようなので、あれこれ考えて、餌をもらっているとと豆狸が餌獲りを学ぼうとしなくなるからだ、と思い至りましてね。皿を引き取ると、わかってもらえたからでしょう、とてもうれしそうな顔をしました」

実際は豆狸に訴えられて餌を与え、怪我の治った母狸に事情を話されて餌をやるのを中止したのである。しかし狸と遣り取りしたと言っても、吉右衛門たちに信じてもらえる訳がなかった。

「すると狐に餌をやるのは、中止したほうがいいということですか」

「その大事なときに、差し掛かっているのではないかと思いますけれど」

「ですがわたしが餌を与えても、それとは関係なく母狐は仔狐に教えると思いますよ。死活に関わるとなれば、なにを措《お》いても教えるでしょうから」

「それがそうではないみたいなのです。人は特にそうですけれど、生き物だって楽をしたいですからね。だから毎夜、餌をもらえるとなると、真剣に餌を獲ることを学ぼうとしなくなります」

「だけどそれを学ばなければ生きていけないのであれば、親はちゃんと教えるのではないですか。獣にもそれはわかっていると思いますが」

「母狐は知っているでしょうが、仔狐は知りませんからね。人もそうですが、本当に困らなければ真剣に取り組もうとしないのは、生き物だっておなじだと」

「そうかもしれませんが」

と言ったものの、吉右衛門は納得したふうではなかった。

「信吾さんは生き物が相手でも、相談屋をやれるのではないですか」

それまでほとんど黙って、吉右衛門と信吾の遣り取りを聞いていた吉蔵がそう言った。話が横道に逸れそうになったので、軽い冗談で修正しようとしたのだろうと思ったが、吉蔵はまじめな顔をしている。だから信吾は真顔で答えた。

「やりたくても、残念ながらできません。言葉がわからないですから相談を受けられないし、もし受けたとしても解決法を教えることができませんから」

しかし次に吉蔵が言ったことで、やはり緩衝の役のつもりで言ったとわかったのである。

「仕事として成立しないとなると残念ですね。おっといけない。うっかりしていました。生き物が相手では、仕事になるはずがないではないですか。相談料が取れなくては、話になりませんからね」

「そんな馬鹿なことを言っていると笑われるぞ」と、吉右衛門が呆れ返ったように言った。「十八歳にもなってそれじゃ、先が思いやられるな」

「もしも、生き物相手の相談屋を開けたら楽しいでしょうね。どんなお客さんが来るのかと思うだけで、愉快になるじゃないですか」

信吾は真剣とも冗談とも、どちらにでも取れる言い方をした。

「遣り方次第では、できないことはないかもしれませんね」と、吉右衛門が言った。

「信吾さんならできるかもしれません、いや夢でなくて、本当にできるのではないですか」

まじめな顔で言ったが、おそらくは冗談だったのだろう。

東叡山《とうえいざん》の時の鐘が五ツ（八時）を告げたので、信吾と吉蔵は吉右衛門の隠居所を辞した。四ツ（十時）をすぎると、各町の町木戸が閉められるからである。番太郎に頼んで潜《くぐ》りを開けてもらうことはできるが、さすがにそれは煩わしいからだ。

六

「席亭さんのおっしゃったとおりでしてね」

何日か振りで将棋会所に姿を見せた吉蔵は、そう言って外に出るよう信吾をうながした。となると話題はかぎられているので、信吾は日和下駄《ひよりげた》を突っ掛けると、吉蔵に続いて庭に出た。

「話し振りからすると、お祖父さまのところのおコンさんが」

吉蔵が不意に立ち止ったので、信吾は危うくぶつかりそうになった。

「おコンさんと申されると……。隠居所の婆やならトメですけど」

「狐の名前ですよ。わたしはおコンさんと呼ぶことにしました。いちいち母さん狐とか狐の母さん、母狐なんて言うとまだるっこいですから」

「ああ、そうでしたか。おコンさんね。そう言えばぴったりの名前ですよ。わたしもそう呼ぶとしましょう」

本人いや本狐《ほんこ》は信吾に「おコンさん」と呼ばれたことがあるが、吉蔵にその名で呼ばれたらどんな顔をするだろう。

「で、話の続きですが、そのおコンさんが」

「吉右衛門さんの出した餌皿を、押しもどしたのですね」

「まさにおっしゃるとおりでした。祖父も驚いていましたが、よくわかりましたね」

それは母狐と話したからなのだが、信吾としては、事実を打ち明ける訳にはいかない。

「今までいろんな人から聞いたことなどを突きあわせると、そのようになるとしか思えなかったのです」

「それにしても、信吾さんはいろんなことをご存じですね」

「そんなことはありませんが、もしそうだとすれば、相談屋と将棋会所をやっているというか、やってきたからかもしれませんね」

「と申されますと」

「将棋会所のお客さんは年輩の方が多いので、みなさん多彩な経験をなさっています。ですから、いろんなことを教えてもらえるのですよ。相談にお見えのお客さんにはそれ以上の方もいらして、わたしのような若僧には想像もできないような体験をされた方もいらっしゃいますから」

「それらがすべて、お仕事で活《い》きてくるのですね」

「とんでもない。もしそうだとしても、ごくわずかでしかないと思います」

「信吾さんの世界は幅が広いだけでなく、奥も深いと祖父が言っていましたが、まさにそのとおりだから驚かされます」

「そんなことはありませんよ。なににでも首を突っこみますが、浅くしか知りません。なにかの世界に深くかかわっている人が、羨ましくなります」

「実は勝手なお願いではありますが、もしよろしかったらまた祖父の隠居所に来ていただけないでしょうか」

　どういうことだろうと首を傾げると、吉蔵が笑みとともに言った。

「さっきおっしゃいましたが、母狐のおコンさんが餌皿を押しもどしまして。しかも仔狐に生きるすべや餌の獲り方を教え始めたようでしてね。次々と信吾さんの話されたようになるので、祖父はすっかり感心しております。それでこのあと、狐にどうすればいいかを教えていただきたいと」

「教えるなんてとてもできませんけど」

「はい。わかっております」と、吉蔵は正直に認めた。「それは口実で、祖父は信吾さんと話したいのですよ。ですからなんとか、お時間を作っていただきたいのですけれど」
「お祖父さまのお話はおもしろく楽しいので、是非伺いたいですね」
ということで、三日後に根岸の隠居所を訪れることが決まったのである。

それぞれの事情や都合もあるので、時刻は前回とおなじ六ツにしてもらった。それと飲食のまえに母仔の狐の姿を見せてもらいたいと、吉右衛門に伝えてもらうよう吉蔵に頼んでおいたのである。

前回、信吾は吉右衛門に晩酌を楽しんでもらうつもりでいたが、そう思って持参した酒が肴《さかな》と共に供されたのであった。だから今回は母に、晩酌用をべつにして、一升徳利二本に詰めてもらうように頼んだ。

下谷車坂町の桔梗屋で吉蔵と落ちあうと、徳利の一本はかれに持ってもらうことにした。根岸の隠居所まではかなりの距離があるので、両手に提げるのはさすがにきついからだ。

信吾は狐の母仔がいたらしばらく見せてもらうので、吉右衛門と吉蔵には先に酒を始めてもらうよう念を押しておいた。おコンとその仔はいるかいないかわからないが、もしいたなら話したいことがなにかとあったからだ。

となれば吉右衛門と吉蔵には、傍にいてもらいたくなかった。信吾が狐と話していることは知らないので、長引けば変だと思うだろうし、そのまえに退屈するに決まっているからだ。

隠居所では、なんと縁の下で狐の母仔が待ち受けていたのである。

――信吾さんが来るって爺《じい》さんが言っていたから、楽しみにしていたのよ。

信吾の顔を見るなりおコンはそう言った。餌を与えながら来ることを話したのだろうが、吉右衛門は母仔にとっては、単に爺さんでしかないということがわかった。

――なにも知らないものだから、このまえ爺さんに「おコンさん」と呼び掛けられてびっくりしたわよ。

――ああ、あんたをおコンさんと呼ぶことにしたと、吉蔵さんに言っておいたからね。吉右衛門さんに話したのだろう。

――この仔たちに食べるのを我慢させるのはたいへんだったけど、二日続けて餌を食べなかったら、爺さんはわかったらしくてね。まあ、あちらさんはいいことをしていると満足なんだろうけど。

――じゃあ、いよいよ餌の獲り方を教え始めたんだね。

――餌のことだけじゃないよ。人とは適当に距離を置いて付きあわないと、この仔たちが犬みたいになっちゃ、取り返しがつかないからね。そういうこともきっちり教えているのさ。

——犬に対してはなかなか厳しいんだね。

——餌をもらいたくて、尻尾を振るようになっちゃおしまいだもの。そうでしょう。安楽を得るために媚《こび》を売るようなことは、したくないと言っているのだ。番犬の波の上に聞かせたら、一体なんと言うだろうか。

——それにあいつら犬は、すべてを力関係だけでしか見ないからね。

——えッ、どういうことだい。

——喧嘩《けんか》に強いかどうかでしか見ないでしょう。それで順位を決めるじゃない。一番強いのが親玉になるけど、じゃ二番目になるのはどんなやつか、信吾さんは知っていますか。

それなら知っている。浅草界隈《かいわい》を縄張りにしている野良犬の首領「赤」と親しくなったから、あれこれとわかったのである。

——親玉が目を掛けている雌犬だろう。三番目からは喧嘩の強い順になる。

——これは魂消《たまげ》た。まさか信吾さんが、そんなことまで知っているとは思いもしなかったもの。順位が二番の雌は得意がっているけど、親玉が替わればたちまち下に落ちてしまうのに、そんなことさえわからないんだもの。浅はかと言うしかないじゃないか。

——仔狐には餌の獲り方だけでなく、そんなことも教えているのかい。

――もちろんよ。餌の獲り方とおなじくらい大事だからね。

――すると仔狐たちは、ほどなく独り立ちするんだね。

――できればいっしょに暮らしたいけど、爺さんに餌をもらってまで、そうはしたくないからね。

それを聞いた信吾は、二匹の仔狐に話し掛けた。

――知りあったばかりなのに、きみたちは程なく、べつべつに生きていくことになるんだね。もしかすると今日がお別れになるかもしれないけれど、もしもどこかで見掛けることがあったら声を掛けてくれよな。

すると兄貴面をしたほうの仔狐が言った。

――そうするよ。母さんが人間は犬にも劣るけれど、信吾さんだけは特別だ。人間にしておくのが、もったいないくらいだと言っていたからね。

それを仔狐が言ったと波乃が知ったら、箍《たが》が外れたように馬鹿笑いすることだろう。

――随分と手厳しいけど、それだけ正直ってことなんだろうな。

――呆れなさんな、信吾さん。独り立ちするまでに、礼儀はちゃんと教えるようにするからさ。もっともあたしら流の礼儀だけどね。

――おコンさんはさあ、お産は初めてなんだろ。

――そうだけど、なにか。

——それにしてはしっかりしているんだよ、舌を捲いているんだよ、実のところ。

——馬鹿を言わないでよ。なんとかギリギリのことしかできていないのに。

——実はおコンさん。今まで黙っていたけど、わたしには女房がいてね。波乃という名前だ。

母狐は射貫くほど鋭い眼差《まなざ》しで信吾を見ていたが、やがて言った。

——わかっているよ。みなまで言わないで。おめでたなんだろ。

——えッ、なんでわかったんだ。

——あたしゃ二匹の仔を産んだばかりだよ。わからないでどうすんのさ。

——これは失礼。波乃には頑張ってもらわねばならないけれど、おコンさんもこのあと頑張ってくれよな。

——その言葉、そっくり信吾さんに返すよ。

どうやら時間をすごしすぎてしまったようだ。信吾はおコンさんと二匹の仔狐に言った。

——吉右衛門さんと吉蔵さんを待たせているから、そろそろ行くよ。でないと心配して迎えに来るだろうからね。

隠居所の出入り口に向かいながら振り返ると、縁の下におコンと二匹の仔狐が並んで、信吾をじっと見送っていた。

おコンさんたちも頑張るのだぞ、わたしと波乃も頑張るからと、信吾は声に出さずに狐の母仔に言葉を投げ掛けたのであった。

生命《いのち》きらめく

一

相談屋の仕事に復帰すれば、女性の相談の多くは波乃が受け持つことになる。とりわけ妊娠と出産絡みに関しては、とてもではないが信吾の手には負えないはずだ。だが相談屋は、どんなことであろうと知っておいて損はない。だから些細《ささい》なことでも教えてもらうようにしていた。

信吾は昼間は将棋会所に詰めている。夜は相談客が来ることがあるし、料理屋などで落ちあって相談に応じもした。伝言箱に紙片を入れて連絡する人が多いものの、不意の来訪もなくはなかった。

友人たちのほとんどは、緊急の場合でなければ夜にやって来る。折悪《おりあ》しく相談客とぶつかれば友人にずらしてもらうしかないが、仕事優先なのはわかっているのでだれもが都合をつけてくれた。

信吾は相談客や友人に会う合間を縫って、実家《さと》に身を寄せている波乃を、阿部川町の楽器商「春秋堂」に見舞うようにしていた。話題はどうしても波乃の体調や、新しく仕入れた知識が中心となった。

「お腹《なか》の赤ちゃんが段々とおおきくなってくると、仰向《あおむ》けのままとか、右腹を下にして寝るとよくないんですって。言われたときにはわからなかったけれど、左向きに横になったほうが楽なので、なるほどと思ったわ」

二人きりになると波乃は体の状態や、産婆のお伝さんや姉の花江から聞いた知識を信吾に話した。

「赤ちゃんの重みのために、血の管が圧《お》されるからですって。体の右側には太い血の管が走っているらしいの。おなじ姿勢を続けると、血の流れが滞るからでしょうね」

酸素や栄養が十分に行き渡らず、老廃物をすっきりと取り出せないので体がむくむ原因となる。胎児への影響も少なくないはずだ。お伝さんは多くの産婦の面倒を見たことで、その積み重ねから得た知識を、本人にわかりやすく教えてくれるのでありがたい。

「たしかに右側を下にして横になっていると、なんとなくだるくなるし、気分が悪くなることさえあるわ」

「子供を産んだばかりの義姉《ねえ》さんと、すぐ近くに産婆さんがいるから安心だよ」

「それよりあたしは信吾さんと常吉のほうが、特にお食事が心配なの。せっかく義母《おかあ》さまが、朝晩は宮戸屋で食べるようにと言ってくださっているのだから、そうなさったらいいのに」

「となると、向こうの都合にあわせなきゃならないだろ」

会席と即席料理の宮戸屋は、昼の客入れが四ツ（十時）から八ツ（二時）であった。そのため家族も奉公人も、朝食は五ツ（八時）ごろに摂《と》っていた。

ところが将棋会所「駒形」は、早い客は五ツまえから指しに来る。それまでに、信吾は木刀の素振りと鎖双棍《くさりそうこん》のブン廻《まわ》しをすませ、棒術の稽古を終えた常吉に柔術の組み手を教えていた。六ツ半（七時）を四半刻《しはんとき》（約三〇分）もすぎたころには、食事を終えていなければならない。とても宮戸屋まで、食事に通ってなどいられないのである。

「まさか朝昼晩と店屋物ではないでしょう」

「それは大丈夫。波乃といっしょになるまえにやってもらっていた、お峰《みね》さんが引き受けてくれたから」

「お峰さんもたいへんね。ご自分の家《うち》だけでなく、信吾さんとこの炊事と洗濯、それに掃除となると」

「一ヶ月か長くても二ヶ月にならないだろうから、だったらやってあげますよということになってね。食事と洗濯はお峰さんだけど、掃除はわたしがやっている」

「まさか。……四角い部屋を円く掃き、ではないでしょうね」

「居候じゃないから、その心配はご無用だ。それだけではなくてね。驚くことなかれ」

「ということは、驚いてくれってことでしょう。一体なにかしら」

「常吉といっしょに、お峰さんに料理を教わっているのさ。とは言っても、ご飯を炊いたり味噌汁《みそしる》を作ったり、魚を煮たり焼いたり、野菜を煮たり酢の物にしたりって程度だから、料理以前ではあるけどね」

「でもなぜ料理を教わろうなんて、殊勝な気持になったのですか」

「赤ん坊はほとんど寝ているそうだけど、二刻（約四時間）ごとにおっぱいを飲ませるし、襁褓《おしめ》だって取り換えなきゃならないだろ。夜中でも赤ちゃんが泣けば起きるしかないから、母親はくたくたになるそうだ。波乃が元気であれば問題ないけど、具合が悪くなっても赤ん坊は腹を空《す》かせりゃ泣きわめく。おっぱいを出すためには、波乃はちゃんと食べなきゃならない。簡単な食事くらい宿六が作らないとね」

「気持だけでもうれしいわ」

「赤ちゃんを産むのは大仕事だもの。少しでも手伝わなきゃ」

　若い女性客の悩みごとをなんとか解決した二月の時点で、信吾は波乃への相談をしばらく受け付けないことにした。万全の態勢で、お産に備えるためであった。

　ところが数日して、履物商の隠居全翁が波乃に相談に来たのである。三十一歳も齢《とし》の離れたヒナを身請けして後添いにしたが、先行きのことで頭を痛めていたのだ。

　二人でということで受けたが、実際には波乃が一人で対応した。波乃はヒナと何度も話しあい、最後に会ったとき確かな手応えを得ていたのである。

出産を控えて実家に身を寄せることはヒナに伝えたが、遠慮もあって訪ねては来ないだろう。だから気懸りではあるが、経過がどうなのかはわからなかった。

通り掛かりにでも全翁が寄ってくれればいいのだが、順調であればまずそれはないと考えたほうがいい。姿を見せないのは、ヒナへの波乃の助言が功を奏しているからだと思うことにしたのだ。全翁が来るとすれば、新たな悩みが生じた場合である。

「元気な赤ちゃんを産んで、早く仕事にもどりたいわ」

波乃の気持はわからないでもないが、信吾は早くても半年はむりだと思っている。子供ができたらその世話に追われ、相談屋の仕事どころではないだろう。また可愛《かわい》い子供に夢中になって、仕事はしばらく休むと言い出すかもしれない。

「あまり焦らずに、成り行きに任せることも大事だと思う。ただどのようになったとしても、常にきっちり対応できるようにはしておきたいけどね。それにしても波乃は運がいいよ。すぐ近くに、これ以上は望めないって見本がいるのだから」

姉の花江は昨年の秋に長男を産んだばかりなので、具体的かつ新鮮な情報が得られるので心強い。

「そういえば元太郎ちゃん、上顎の前歯が二本生え始めたんですって。下の前歯は生まれて半年ぐらいで生えたそうだけど、上はそれより二、三ヶ月くらい遅いのね。全部生え揃《そろ》うまでに三年半くらいかかるそうよ」

「そうだったかな。昔のことだから、よく憶《おぼ》えていないけど」

腹の張りや痛みを感じるらしく、波乃はときおり顔をしかめることがあった。信吾は少しでもそれを紛らわせたいと、つい冗談を言ってしまう。

「すると耳が一番早くて、それから目、歯の順なんだね。聞く、見る、食べる、と人は成長するのか。まてよ。食べるのと喋《しゃべ》るのは、どっちが早いのだろう」

「人によるのではないかしら」

「てことは」

「お喋りな人は喋るほうが先で」

「喰《く》いしん坊は食べるほうだとすると、常吉は喋るまえに喰い始めたにちがいない」

「そんなことをおっしゃっちゃ、常吉が可哀想《かわいそう》ですよ。ちゃんとした助手《すけて》に、育っているじゃないですか」

「赤ん坊は一度におおきくなるのではなくて、あちこちが少しずつ成長してゆくということだね」

産婆のお伝さんによると、懐妊から六ヶ月ごろには音を聞き取れるようになるらしい。だから六、七ヶ月になれば、赤ちゃんに話し掛けるといいそうだ。最初に母親の声を認識するらしいが、そのお腹にいるのだから当然だろう。

目に関しては、生まれたばかりのときは明暗がわかる程度らしかった。一ヶ月もすればぼんやりとだが見えるようになるので、目のまえ三寸（約九センチメートル）前後の物をじっと見るようになる。だから母親は顔を近付け、赤ん坊にしっかり自分を見させるといいとのことだ。

二ヶ月ごろには、物の形や色が次第にわかるようになるらしい。色はまず赤に反応し、次第にほかの色もわかるようになる。

三月目になると、両方の目で焦点を定めるようになるとのことだ。ぼんやりとだろうが、人の顔や形、また笑っている口元などがわかるらしい。

「匂いはどうなんだろう」

「かなり早いのではないかしら。お乳を飲ませようとおっぱいを出すと、匂いがわかるのでしょうね。両手を突き出してもみもみの真似《まね》をすると言ってたわ、花江姉さん」

赤ん坊は母親の乳首に吸い付くと、まるで絞り出しでもするように、ちいさな両手で乳房を揉《も》む。

「そうだったっけ。よく憶えてないなあ」

「またそれだもの」

「もしかすると、わたしも夜中に両手を突き出して、もみもみしているかもしれないな。波乃のおっぱいがほしくなって」

「呆《あき》れた人」

二

「お邪魔しますよ」

声がしたと思うと、返辞を待たずに襖《ふすま》が開けられた。もしかすると、波乃との遣《や》り取《と》りを聞かれたかもしれない。そう思うと、信吾は自分でもわかるほど赤面した。

「二人だけにしてあげなきゃと言っても、聞く耳を持たない人ですから」

「わたしのせいにするのはずるいよ。母さんが話したくてうずうずしていたのは、見えだったからね」

波乃の父善次郎《ぜんじろう》と母のヨネであった。そのうしろには元太郎を抱いた花江と、夫の滝《たき》次郎《じろう》が続く。

信吾が春秋堂を訪れると、半刻《はんとき》（約一時間）か短くても四半刻は二人だけにしてくれる。しかしすぐに一家が集まって、話が弾むのであった。

「信吾さん。顔が赤いようですが、まさか風邪ではないでしょうね」と、善次郎が真顔で訊《き》いた。「風邪は大敵ですから、甘く見てはいけません」

波乃を気遣っているのだろうが、信吾にすれば先ほどの話は聞きましたよと言っているとしか思えなかった。

「いえ、熱もありませんし」

「蒸し暑いからではないですか。障子は開けてあっても、風がありませんから」

ヨネが弁解じみた言い方をしたが、こちらもおそらく聞いていたにちがいない。

ぷーんと乳の匂いが漂っていた。

いつもは花江に抱かれて眠っている元太郎が、珍しく目を見開いて信吾を見ている。両親に祖父母、そして波乃の声には馴染《なじ》んでいるが、信吾の声はたまに耳にするだけなので気になってならず、注視しているのかもしれない。

元太郎は生まれて八ヶ月ほどだが、お伝さんによると生後半年をすぎれば、奥行きや距離感が摑《つか》めるらしかった。つまり立体として捉えられるので、人の顔を区別できるということだ。

「信吾叔父さんですよ、元太郎。波乃叔母さんの旦那さま」

花江がそう言うと、意味はわからないだろうが元太郎は顔をくしゃくしゃにした。どうやら笑ったらしかった。

「おや。元太郎ちゃん、上の歯が生え始めましたね。ちらりと見えましたよ。このまえはたしか下の歯だけだったけれど」

滝次郎は信じられぬというほどの驚きを示した。

「さすが信吾さんだ。わたしなんか、花江に言われるまで気付かなかったのに」

「人の気付かぬことまでわかるから、信吾さんの相談屋は評判を呼んでるんだよ」

善次郎がそう言ったが、信吾は手をおおきく振った。

「いえ、わたしの相談屋ではなくて、夫婦二人でやっておりまして」

「それよりあなた」と、ヨネが夫を軽く睨《にら》んだ。「前歯のお話でしょ。話の腰を折っちゃ駄目じゃないですか」

「ああ、すまなかった」

花江は父母の遣り取りに、苦笑しながら続けた。

「下の前歯が二本生えてから二ヶ月すればと、お伝さんに言われていましたけど、実際に生えると安心するわね」

「話を聞きながら元太郎ちゃんを見ていると、お腹の子が動いたり蹴ったりするの。もしかしたら、あたしの気持がわかっているのではないかしら」

「そりゃわかります、波乃はお腹の子の母親ですから」と、ヨネがきっぱりと言った。

「だから、生まれてくるのがいかに待ち遠しいかって、言い聞かせるといいのよ」

「あたし一人のときに、気が付くと赤ちゃんに話し掛けていてね」

「声に出してなの、波乃」

「出してることもあれば、心の裡《うち》で話し掛けてることもあるわ」

「声に出すべきよ。赤ちゃんはお腹の中にいても、ちゃんと聞こえていますからね。言葉の意味はわからないでしょうけど、母親の気持はちゃんと伝わります。人がいるところで声に出したっていいのよ」

ヨネに言われて波乃は花江に訊いた。

「姉さんはどうだったの」

「波乃とおなじよ。声に出すときもあれば、黙って語り掛けることもあったわね。でも、あるときちょっと怖いなと思った」

「どんなことを話したの」

「男の子ならいいな。男の子だとうれしいなって、話し掛けてたの」

「だから元太郎ちゃんが生まれたんでしょう、お姉さん。天に願いが通じたんじゃないですか」

花江はいかにも愛《いと》しそうに、抱いた元太郎に微笑《ほほえ》み掛けた。母に見られているのがわかったからだろう、元太郎はいかにも楽しそうに笑った。

「もしも、もしもよ。男の子でなく女の子が生まれていたら、その子は哀《かな》しくてたまらないだろうなと思ったの。自分は親に望まれた子じゃなかったんだって」

「でもお腹の中にいるのだから、言葉の意味はわからないはずよ」

「意味はわからなくても、気持は通じると思うの。元太郎を育てていると、気持ってあたしが思っているよりも、しっかり伝わっているんだなって、何度も思ったわ。だから元気に生まれてちょうだいね、とか、会えるのを楽しみにしていますよ、くらいにしときなさいね。赤ちゃんに負担を掛けちゃいけないと思うの」

「母さんも花江の言ったとおりだと思います。注意してもしすぎることはありませんからね」と、ヨネが言った。「大人はなにげなく言うのでしょうけど、子供によっては、まるで逆に受け止めることだってありますから」

例えば「頑張れ」と大人が声を掛けると、期待されているのだと感じて、今まで以上に努力する子もいるのではないだろうか。逆にそれが負担になって、成果があがらなかったり、ちょっと失敗しただけで、期待に応えられなかった、期待されたのに裏切ったと打ち沈む子もいる。

「大人はあまり深く考えないで気楽に言うのでしょうけど、子供は真剣に受け止めますからね。でも自分が大人になると、そんなことはきれいに忘れてしまうのだわ」

「ありがとう姉さん、そして母さん。そんなこと考えもしなかったもの。話してもらってよかったわ」

「自分の赤ちゃんを抱いたら、きっとわかるわよ、波乃。お稽古のつもりでちょっと抱いてごらん」と言って、花江は波乃にそっと手渡した。「元太郎ちゃん、波乃叔母さんに抱っこしてもらいなさいね。もう少ししたら、おいとこさんを産んでくれますよ」

受け取った波乃は、抱いたことは初めてではないだろうに、全員に見られているためか軽い狼狽《ろうばい》を覚えたようだ。

「頭はどちらがいいの。右、それとも左」

「気にしなくていいのよ。自分の子供が生まれたら、抱いているうちに自然とわかるようになるから」

「温かい。それに、なんて柔らかいの」

「でしょう。男の人にはわからない、女だけの幸せね」

「男にはわからない女だけの幸せと言われると、男としては影の薄さを痛感せずにはいられませんね」

善次郎にしみじみと言われ、信吾と滝次郎は顔を見あわせて苦笑するしかなかった。

「義父《おとう》さん、仕方ありませんよ、男が肩身を狭く思うのは。お産の主役は女ですから」

滝次郎が言い終わると同時に三人が言った。

「あら、ちがいますよ。子供でしょ」

「男と女でしかものを考えないのね」

「主役は赤ちゃんですよ」

口を揃えて言ったのに、信吾にはヨネ、花江、波乃の言葉を明瞭に聞き取ることができた。どれもけっこう強《きつ》かったが、滝次郎には花江の言葉が一番堪《こた》えたのではないだろうか。

「まさに、おっしゃるとおり」と、善次郎が言った。「新しい生命が誕生するのですから、だれの心も浮き浮きとなるのでしょうね」

「なるほど。それにしても、体はちいさいですが赤ん坊は実におおきい」と、滝次郎が言った。「元太郎が生まれてからというもの、この家《や》は元太郎を中心に廻っていますから。子を持って知る親の恩と言いますが、そうとしか言いようがありませんね」

「まさにそのとおりです」と、信吾は控え目に言った。「わたしなんか、まだ生まれてもいないのにそう思うのだから、生まれたら一体どういうことになるのやら」

控え目に言ったつもりなのに、大袈裟《おおげさ》に聞こえたのかもしれない。一斉に笑いが起きた。

「そういえば」と、ヨネが思い出したように信吾に言った。「今日もお見えでした」

「えッ、どういうことでしょう」

訊きながら「今日も」となると、考えられることは一つであった。

「宮戸屋さんですよ。女将《おかみ》か大女将のどちらかが、毎日のようにいらしてね。波乃のことをそれほど気にしてくださるのかと思うと、ありがたくて」

やはり母の繁と祖母の咲江《さきえ》であった。

「八ツ半（三時）ごろでしょう」と、信吾はヨネにたしかめた。「八ツが昼の客出しで、七ツ（四時）が夜の客入れですから、その合間にやって来るのだと思います。夜は五ツの客出しまで体が空きませんから、それからとなるとあまり時間が取れません。黒船町にも毎日どちらかが顔を見せていましたけれど、ご迷惑じゃないですか」

「とんでもない。本当にありがたいわ」

「そりゃ、宮戸屋さんのご両親にとっては初孫、祖母《おばあ》さまには初曽孫《ひまご》だからね。うれしくてならないのですよ」と、善次郎が言った。「家《うち》だって初孫が生まれるときは、首を長くして待っていたもの」

赤ん坊のこととなると話題は尽きなかった。

三

夕食を終えた常吉が番犬「波の上」の餌を入れた小鉢を手に将棋会所にもどったので、二日続きになるが春秋堂へ行こうと信吾が着替えたときであった。庭で何人かの足音がしたと思うと、「キューちゃん、開けるよ」の声と同時に障子が開けられた。

竹馬の友ならぬ竹輪の友の三人、完太《かんた》と寿三郎《じゅさぶろう》に鶴吉《つるきち》である。いつもは大中小の三人が右肩下がりに並んでいるのに、珍しく大の完太と中の寿三郎が、小の鶴吉を真ん中にしていた。

「なんだ、キューちゃん一人か」と言ったのは寿三郎である。「まさか、嫁さんに逃げられたんじゃないだろうな」

「いくらなんでもその挨拶はひどかないかい。ちょっと実家に帰ってるんだよ」

「そういえば波乃さん、産み月の五月はもうすぐだものな」

物干《ものほ》し竿《ざお》が渾名《あだな》の完太が、のんびりした言い方をした。米沢町《よねざわちょう》の菓子舗「二国屋《にこくや》」の豊《とよ》と夫婦になった完太は、それを機に名を真右衛門《しんえもん》に改めていた。しかし竹輪の友の仲間は、だれもこれまでどおり完太と呼んでいる。

三人は沓脱石《くつぬぎいし》から表の八畳間にあがって、信吾のまえに並んで坐《すわ》った。やはり小の鶴吉を間に、完太と寿三郎が両脇を固めている。となると鶴吉に関して重大な話があるはずで、信吾は波乃に会いに行くのを諦めるしかなかった。

「で、三人が雁首《がんくび》を揃えてやって来たということは、なにか、それもちょっとしたことがあったんだな」

「さすが相談屋のあるじだけあって、信吾は読みが鋭い」

「鋭いもなにもないだろう。それに、まだなにも言ってないぜ、寿三郎」

「なにかあったとまではわかっても、なにがあったかはわからないだろうな。いかに信吾といえどもだ」

寿三郎らしからぬ廻りくどさと、一言も喋らぬ鶴吉を真ん中にしているとなると、およその見当は付こうというものだ。

「それくらいのことがわからなくては、相談屋のあるじは務まらない」

「おおきく出たが赤っ恥を掻《か》くなよ」

「お三方がお揃いでお見えだから、この信吾さまがその理由を解き明かして進ぜよう」

「まるで八卦見《はっけみ》だな」

「と言うところで茶の一杯も出すべきだが、残念ながら奥方ご不在につき、それは我慢していただくしかない。その代わりと言ってはなんだが、御酒《ごしゅ》をお出しいたそう。これまた残念なことに、奥方が不在につき燗《かん》が付けられぬので、冷やで味わっていただきたい。なに、極上の下り酒ゆえ、冷やでも十分に味わえるはずである。それとも燗を付けますかな」

「冷や冷や冷や冷や」

完太と寿三郎が声を揃えて言ったが、鶴吉は相変わらず口を緘《かん》したままだ。

盆に四人分のぐい呑《の》みを乗せ、五合徳利《どつくり》を手にもどった信吾は、三人と自分のまえの器に酒を注いだ。

信吾がぐい呑みを口に運ぼうとすると、寿三郎がそれを制した。

「信吾の鋭い読みとやらを、呑むまえに聞かせてもらおうじゃないか」

「さても気の短いお方ですな」

「もったいぶらずに言えよ。自信がないから先延ばしにしているのだろう」

「そこまで言われたら引き延ばせない。三人が揃ってやって来るからには、竹輪の友の一大事。となると、これしかない。鶴吉の嫁取りが決まった」

「おーッ」との声が漏れた。声こそ出さなかったが、鶴吉の口も「おーッ」の形に開いていた。

「挙式はおそらく晩秋九月の吉日」

今度は「おーッ」ではなく「ひゃーッ」とか「ひえーッ」のように聞こえた。そういうところは子供将棋客の留吉《とめきち》、正太《しょうた》、彦一《ひこいち》らとまるで変わらない。

信吾は改めてぐい呑みを手にした。

「それでは祝杯をあげようではないですか」

三人ともすなおに従い、ぐい呑みに目を落としたまま黙って呑んだ。

「それにしても、キューちゃんの読みは鋭いなあ。九月の吉日には畏れ入ったよ」

完太がしみじみと言った。

鶴吉を真ん中にして揃ってやって来れば、大抵の者は予想できるだろう。もっとも九月吉日は当て推量であったが、どう言っても自慢たらしく聞こえるので、それについて信吾はなにも言わなかった。

「信吾、完太ときたら、次は寿三郎ってとこだろうけど」と、鶴吉が初めて言葉を口にした。「なぜおいらだと思ったんだい、キューちゃんは」

「なぜなんだろうな」

やはり惚《とぼ》けておく。

「二年ちょっとまえに信吾が波乃さんといっしょになったとき、二人の遣り取りを見ていた寿三郎が、『おれも嫁さんをもらうぞ』と息捲《いきま》いただろう」

鶴吉の言葉に完太がおおきくうなずいた。

「あのときの寿三郎の羨ましそうな顔は、今でも憶えているよ」

「えッ、おれそんな羨ましそうな顔をしてたかい」

「ああ、涎《よだれ》を垂らしそうだったもんな」

完太と寿三郎の遣り取りを聞いていた鶴吉が、ためらいがちに言った。

「もしかしたら生涯独身《ひとりみ》を通すかもしれないと言っていた信吾が、まさかと言うしかない電撃的な祝言を挙げることになっただろう。寿三郎は思いもしない衝撃で、だったらおれも信吾に負けぬいい嫁さんをと思ったにちがいない」

鶴吉はそちらを見なかったが、寿三郎は静かにうなずいた。

「波乃さんみたいないい女《ひと》が、二人といる訳がないよ」

黙っていると認めたことになってしまう。

「ああ、あれほど変わった女は二人といないと思うよ」

信吾は「変わった」に力を入れたが鶴吉は無視した。

「寿三郎は、あまりにも高い理想を掲げたんだろうな。もらう以上は波乃さんに引けを取らぬ、才色兼備の良い女《ひと》をと。だからさげろとは言わないし、本人もさげる気はないだろうし、今更さげられないと思う」

「こういうことは、あまり深く考えないほうがいいんじゃないかな」

竹輪の友鶴吉の前途を祝福するはずの集まりが、思わぬ方向に進みそうになったので、信吾はついそう言ってしまった。

「なんたって縁のものだから。それに縁はどこに転がってるかわからない。弟の正吾が三月に式を挙げたけれど、手習所仲間が風邪を引いたので見舞いに行ったのがきっかけでね。十年ほどまえに三回しか会ったことのない友達の妹が、かいがいしく看病していたそうだ。冗談を言いあっているうちに、とんとん拍子で話が進んで、半年後に式を挙げたんだから。縁なんてそんなものだと思うよ」

「なるほど、そうかもしれないな」と、鶴吉が言った。「完太にしたって、見合いの席で本人同士も双方の親も気に入って、まとまりかけていたのに」

「猿（去る）、犬（去《い》ぬ）、蛙《かえる》（帰る）の禁句を連発して、相手の親に断固として拒否されながら、豊さんといっしょになれたんだからね。相手側は当然として完太の親もお手上げだったのに、あれよあれよって間に夫婦になったんだから、いまだに信じられんよ」

寿三郎がそう言うと、完太は信吾をちらりと見た。

「あれはさ、波乃さんのご尽力のお蔭《かげ》としか言いようがなくてね。だからおれも豊も、黒船町には足を向けないで寝てるよ」

「あッ、おれ、それ知らないな」

鶴吉が興味津々という顔になった。

「波乃さんが豊にね、両親がうんと言うしかない、泣き落としの秘策を授けてくれたんだそうだ」

どんな手を使ったんだろうと訊かれそうなので、信吾はあわてて話題を切り替えた。

「ところで完太と寿三郎は知ってるようだが、おれは鶴吉の相手がどんな人で、いかなる経緯《いきさつ》でいっしょになったか知らないんだよ。鶴吉が一目惚《ひとめぼ》れされながら断ったため、相手に腕を刺されたのを知ってるだけに、なんとしても知りたいね。一体どういう手を使って、新しい相手を射止めたんだい」

「射止めたとか、一目惚れされた相手に刺されたなんて、信吾は話を大袈裟に言うので調子が狂うよ。おれの場合は、夕立ちになりそうだから洗濯物を仕舞っておこう、とか、月夜だから提灯《ちょうちん》はいらないな、くらいの、なんでもないごく日常的なことでね。いつの間にか所帯を持つことになったんだから」

「日常に味ありだよ」と茫洋《ぼうよう》たる完太が、まさに茫洋たる言い方をした。「人生はなんでもないような日常が、繰り返されるってことだからね」

「それもそうだな」と、信吾は拘《こだわ》る気はなかった。「おれはね、三人が打ち揃ってやって来たから、なにかちょっとしたことがあったにちがいないと思っただけなんだがな」

「するとおれが、相談屋のあるじだから信吾は読みが鋭い、と言ったのがまずかったのか。あれから話が捻《ね》じれたというか、縺《もつ》れてしまったんだな」と、寿三郎が言った。

「では言い直そう。信吾、鶴吉が嫁さんをもらうことになってね。相手は並木町《なみきちょう》で御料理と御茶漬けの一分屋作兵衛《いちぶんやさくべえ》さんの三女でお福《ふく》さんだ、と言えばよかったんだな」

「おれ、嫁さんをもらうことになってな」と、鶴吉が真顔で言った。「相手は並木町で料理と茶漬けの一分屋作兵衛の三女で名は福だ」

寿三郎が言ったことを鶴吉が繰り返したので、信吾は噴き出すのを我慢するのに苦労した。

「そうか。並木町なら茶屋町《ちゃやまち》の南隣だし、鶴吉んとこが茶屋だから同業だな。だったらすぐいっしょに働けるじゃないか。こんなめでたいことはないよ」と言って、信吾はぐい呑みを手にした。「だったらみんなで鶴吉の嫁取りを祝って、心行くまで呑もうじゃないか」

ようやくのことで日常にもどったのである。

四

竹輪の友の三人がやって来た翌々日、信吾が春秋堂に出向くと、両親は用があって出掛けたとのことであった。

茶を飲みながら、花江と滝次郎を交えて話し始めたところに客があった。花江と同年輩の女性で、どうやら知りあいらしい。

「先客がおありのようだから日を改めますね、花江さん」

「いいのよ。妹とそのご亭主だから」と客に、続いて花江は波乃と信吾に言った。「お客さまと楽器のことでお話があるので、あたしたちは見世にいますから」

「ごめんなさいね、せっかくのところをお邪魔して」

「どうかお気遣いなく」

波乃がそう言うと、元太郎を抱いた花江と滝次郎は居間を出て、客といっしょに楽器の置かれた見世に移った。話したいことはあってもなかなか二人きりになれないので、信吾とすれば来客はむしろありがたかった。

「相談屋と将棋会所には、なにか変わったことはありませんでしたか」

「竹輪の友の三人がやって来てね。鶴吉が嫁さんをもらうそうだ」

「あら、相手はどういうお方なの」

信吾は寿三郎が言って、鶴吉がそっくり繰り返したことを、手短に話しただけでその話は打ち切った。

「それより、話したいことがあるって顔に出てるよ」

波乃は湯呑茶碗《ゆのみぢゃわん》を取って一口含み、それを下に置いた。

「まえからわかってはいたけれど、あたしと姉さんってまるっきし水と油だわ。どうでもいいことでは気があうのに、大事なことになるとなぜか考えが逆なのだから呆れてしまいます」

「逆となるとおだやかじゃないが、なにが喰いちがったんだ」

「姉さんにね、子供が生まれたらどんなふうに育てるのって訊かれたの」

「なんて答えたんだい」

「なんて答えたと思いますか。いえ、信吾さんならなんと答えますか」

問われたことをそのまま問いにして、やんわりと切り返すのは相談屋の手法の一つだが、波乃にはそんな意識はないはずだ。思っていることがそのまま言葉になったようである。それとも心の負担になっているということであろうか。

生まれてくる子供については、間近になったこともあるが、信吾もなにかと考えることがあった。とは言っても、曖昧でしかないのは仕方がないだろう。

「男か女かわからないし、まだ生まれてもいないけれど、男であれ女であれ、その子の持ち味が一番生きるように、伸び伸びと育てたいね」

「でしょう」

「ところが頭ごなしに打ち消されたらしいな。その横で滝次郎さんが、うんうんと言いたげにうなずいているのが、まるで目に見えるようだよ」

「まさにそのとおりなの。姉さんはあれでけっこう頑固だし、滝次郎さんは入り婿って立場があるでしょうけど。だから姉さんの言うことにあわせているのではなくて、あの二人は考えていることがまったくいっしょみたいなの」

「やはり似た者夫婦か」

「ふざけないでよ、こんなときに」

信吾と波乃は何人もから、似た者夫婦だと言われたことがあった。それを踏まえて言ったと、波乃は勘ちがいしたらしい。

「ふざける訳がないだろう。わたしと波乃は似た者夫婦、花江義姉さんと滝次郎義兄さんも似た者夫婦。まるで絵に描いたようだけど、まるっきりちがう色をしてるってことだな」

「今日ほど、それがはっきりしたことはなかったわ」

「で、言いあったんだね」

「だって、一番大事な子供に対する考えなのよ。それなのに、まるっきりちがう人の考えを受け容《う》れ《い》たりはできないでしょう。自分の子供の育て方を、認めないことになりますからね」

「すると義姉さんは波乃の考えを無視して、自分の考えを押し付けようとしたのか」

「そうなの。しかも自信たっぷりに」

なんといっても花江は波乃の姉で、しかも八ヶ月ほど先に子供を得ていた。つまり人生の先輩でもある。

「あたし、信吾さんとほとんどおなじことを言ったの」

波乃が笑ったのは、似た者夫婦という言葉を思い出したからかもしれない。だがすぐに真顔にもどった。

「どちらが生まれても、その子の持ち味を伸ばしてやりたい。親の考えを押し付けるようなことは、絶対にしたくないって」

「すると義姉さんはなんて言ったんだ」

「子供は海のものとも山のものともわからない。どういうもので、どのようになっていくかも不明である。不確かで不完全、不安定なものなのだ。だからちゃんとした形にして、しっかりといい方向に進めるようにするのが親の務めなんですって。子供の持ち味を伸ばしてやりたいなんて言ってたら、わがままで自分勝手な、どうしようもない、手に負えないできそこないに育ってしまうって、決め付けられちゃいました」

「手に負えないできそこないは、いくらなんでもひどいよなあ」

ぽろろんぽろろんと、明るい弦の音が流れてきた。先刻の女性は箏《こと》を求める客らしいが、なにかの事情で昼間は時間が取れないのだろう。断続的に聞こえるのは、何面かを並べて試し弾きをしているからだ。

「花江姉さんの場合は、なにからなにまではっきりしていて、ずっと先まで見通していますからね」

京都の老舗楽器商で修業を積んだ先祖が江戸に出て、浅草の阿部川町で開いたのが春秋堂である。大名家や大身旗本家、豪商から、僧侶や神官、さらには芸人、一般の趣味人に至るまで客層は広かった。

花江と波乃には男兄弟がいない。母のヨネも祖母も姉妹だけで、それが三代も続いたのは珍しいと言わねばならないだろう。

ところが花江と滝次郎には、待望の男児が出生したのである。元気な長男として育ってくれと、善次郎は初孫に元太郎と命名した。

「姉さんには、元太郎を春秋堂のあるじとして、立派な商人《あきんど》に育てたいとの夢があるの。もちろん、とてもいいことだと思うわ。商人としての教育だけでなく、楽器商なのだから一流と呼ばれる奏者に育てたいみたいなの。春秋堂は何代も続いていますから、お客さまも何代も続いているし、名人と呼ばれる人もたくさんいますからね。だから篠笛《しのぶえ》、尺八、琵琶《びわ》、三味線、鼓など、主な楽器は一流の奏者に師匠になってもらうんだって。生まれてまだ一年にもならないのに、もうそこまで決めているのよ。このまえの母さんの話のように、期待がおおきすぎたら子供はたいへんだわ。潰されかねないもの」

「男の子が生まれたのだから、夢を託したい気持もわからなくはないけどね」

「姉さんは男の子が生まれても女の子が生まれても、親がちゃんと目標を立て、そこに子供が到達できるように、計画してやらなきゃならないと言うの。それが親の責任でしょうって」

「当然そう言うだろうね」

「認めるの、信吾さんは」

「だって言ってることはちゃんとしてるもの。ただ実際にどうやるかってことになると、同意できないんだよ。考え方はよくても、やり方は認められない。だからと言って、義姉さんたちを説得できないだろう。波乃がいくら花江義姉さんに言われても従わないように、こちらがいくら言っても、義姉さんたちが受け容れるとは思えないからね」

「たしかにそうでしょうけど」

「二人の考え方には同意しないけれど、そのように考えているってこと自体は認めるしかない。二人の考え方は認めても、自分の子供には当《あ》て嵌《は》めてもらいたくないというか、断固として受け容れる気はないよ」

「あたしは子供が生まれてから黒船町に帰る日まで、姉さんにはたっぷりと責められそうだわ。だってあたしの考えはまちがっていると、決め付けているのだもの」

「それぞれの信じることが、その人にとっては正しいことなんだよ。だから花江さんと滝次郎さんの考えそのものは、同意はできなくても認めてあげなくてはね」

「でも二人は、あたしたちの考えを認めてくれないのよ」

「だからって、諍《いさか》いをするのは下策でしかない」

「信吾さんは時間のできたときに来るだけですけど、あたしは一日中顔を突きあわせているのですからね。子供が生まれて黒船町に帰るまで続くと思うと、ぞっとするわ」

「それはまずいなあ。母親のイライラは、腹の子に悪い影響を与えるかもしれないから。となると取る方法は一つしかない。一つにして最良の方法。それは聞き流すことだね」

「聞き流すですって」

「口答えはしない。目上の人には逆らわぬことだ」

「目上の人ったって」

「姉さんは目上の人じゃないか」

「年上だからって、目上の人だなんて思えないわ。子供のころから姉妹として対等に、お互いに言いたいことを言いあってきた仲ですから」

「それを一時的に中止できないかい」

「でもあたしがはいはいと聞き流せば、姉さんはますます怒りますよ」

「はいはいと続けてりゃ、だれだって変だと思うに決まっている。そうかしら、とか、姉さんはそうお考えなのね、などと曖昧な言い方で応じるのがいいかもしれない。のらりくらりと躱《かわ》すしかないのかな」

「それが効くくらいなら楽なんだけど、信吾さんは姉さんの凄《すさ》まじさを知らないから。少しでも不確かなことを言うと、徹底的に突いて攻撃を弛《ゆる》めないのだもの」

「なるべく議論に持ちこまないようにして、姉さんの言うことに反論したくても我慢することだね。十日か半月、長くて二十日、一ヶ月も掛からないのだから。それに子供の育て方の話ばかりじゃないんだろう」

「そりゃそうだけど」

　見世のほうで物音がしたと思うと、どうやら用が終わって客が帰るようであった。波乃が立ちあがって居間を出たのは、挨拶するためだろう。姉に対して不満を言っても、そこは楽器商の次女である。

「音のいいのを選んでおいてくれたので、無駄をしなくてすんだわ。ありがとう、花江さん。滝次郎さんにも感謝してますよ」

「それでは明日中にお届けいたしますので。いつがよろしゅうございますか」

「朝にしていただけると、ありがたいのだけれど」

「畏《かしこ》まりました」

話が終わって客が見世から出るところに、波乃と信吾は行き会った。

「どうもありがとうございました」

波乃がお礼を言う横で、信吾は黙って頭をさげた。

「長くなってすまなかったわね」

客を送り出した花江が波乃に言った。

「お仕事ですもの。気にしないで」

居間にもどりながら、滝次郎が終始ほくほく顔だった理由はすぐにわかった。

「一番いいのを選んだのは、さすがだと感心したよ。薦め方がうまかったからだね」

何面かを弾き比べた客は、最も高価な箏を選んだらしかった。花江の持ち掛け方が巧みだったからだと、滝次郎は褒めているのだ。

「最初にね」と、花江が夫に言った。「だれが聞いてもわかるくらい、音の良くないのを出したの。それから少し良いの、かなり良いの、うんと良いのって。順に聞いてゆけば、よほど耳の悪い人でなければちがいがわかりますからね。箏を弾じる人ならだれだって、音の良いのを聴いてしまえば、相当なむりをしてもそれを求めるものなのよ」

花江は商人の顔を覗《のぞ》かせてから、波乃と信吾に微笑み掛けた。

商売が上々だったからか、花江と滝次郎は機嫌がよかった。信吾は子育てや教育に関しての話があるかと思ったが、それらしきことは話題にならなかったのである。あるいは信吾がいるからで、花江は波乃と二人だけのときにしか話す気はないのかもしれない。

その日は楽器とそれに絡む商売の話で弾んだが、信吾にとってはとても興味深く聞くことができた。どんな知識であろうと、かならず相談屋の仕事に役立つからである。

五

波乃がお産のため実家に身を寄せているので、将棋会所にいても大黒柱の鈴が鳴ることはない。少なくとも日に何度か、ときにはかなり頻繁に鳴っていたので、まるっきり静かだと妙に寂しくなる。人とはふしぎなものだと思わざるを得ない。

通い女中の峰は夕方、乾いた洗濯物を持って母屋にやって来る。その夜と翌日朝昼の、三度分の飯を炊き味噌汁を作るためであった。そして信吾と常吉に料理を教えてくれた。

かといって手間の掛かる凝った料理を作る訳ではない。日によっては鰺《あじ》や鯖《さば》の開きや鰯《いわし》の丸干しを買ってきて、焼くなり煮るなりするだけのこともあった。はっきり言って手抜きだが、そんなときも峰は言うだけのことは言う。

「焼き魚を食べるときは、大根おろしとか青紫蘇《あおじそ》をいっしょに食べなきゃだめだよ」

そして洗濯物を入れた籠を持って帰るのであった。

翌日の朝は信吾が、昼は常吉が味噌汁を温め、漬物や佃煮《つくだに》などを出すのである。野菜の煮物などは峰が前の夜、多めに作ってくれるので温めればすんだ。

宮戸屋で料理を作るのは料理人たちで、女将や大女将、それに仲居はそれを客席に運び、素材や料理名を告げながら並べるのであった。また客に訊かれて詳しく説明することもある。

家族の食事に関してはその係の奉公人がいるが、女将の繁や大女将の咲江が作ることもあった。

ではあるじとその息子はなにをするかと言うと、もっぱら味わい役だ。客の座敷に出ることはないが、文人墨客や一流の芸人、身分の高い武士や豪商の席に呼ばれることがある。また同業の寄合での会食や得意先を接待しての飲食も、あるじにとっては重要な仕事となっていた。

だからさまざまな分野に通じていなければならないが、それらの席で料理について問われることもあった。そのため女将や仲居以上に素材や料理名、また作り方を知悉《ちしつ》していなければならない。

奉公人たちの食事は、自分たちで担当と順番を決めて作っていた。もっともほとんどの商家がそうであるように、ちゃんとした食事は朝のみで、昼と夜は仕事の合間に交替で摂っている。

信吾は波乃といっしょに、モトに料理を教えてもらえばよかったと思ったが後の祭りであった。だから峰に炊事や洗濯を頼んだとき、簡単な料理を教えてもらうことにしたのである。


梅雨には間があったが、雨の日が多く蒸し暑い日が続いていた。しかし何日も降り続くことはなく、四月の晦日《みそか》も、夜のうちは屋内にいても雨音が聞こえるくらいの降りであったが、朝にはあがっていた。

月が明けて五月となった。波乃の産み月である。

一日は手習所が休みで、子供の将棋客が集まる日であった。子供の声は甲高いので、手習所が休みの一日、五日、十五日、二十五日には、うるさがって来ない客もいた。だがそんな客にあまり強い者はいない。本当の強者は周囲の騒音など耳に入らないくらい、集中できるということだろう。

子供の将棋客はしばらくのあいだ、朝は常吉が直太《なおた》と、昼間はハツが紋《もん》と指すのを見学してから、全員で検討するようにしていた。これが予想以上の効果をあげ、子供たちは目に見えて力を付けてきた。今では実戦段階に入り、相手を替えながら指すようにしているし、大人からの対局希望も増えていた。

新しい子供客が通うようになると、ハツか常吉、あるいは手の空いただれかが教える。人に教えるためには全体の流れが見えなければならないし、攻めるときには攻め、守るときには守りに徹しなければ勝ちを逃す。全体を俯瞰《ふかん》しながら、局所に集中する力を養わなければならない。その重要さがわかるようになったからだろう、だれもが積極的に新入りを教えるようになっていた。

子供たちだけの対局は、六畳の板の間でおこなっている。信吾がゆっくりと歩きながら、観戦しているときであった。

「席亭さんに、お若いお客さまがお三方お見えですよ」

土間に目をやるとアキと長男《ながお》、そしてむつが立っていた。甚兵衛がやけに馬鹿丁寧な言い方をしたのは、将棋客でない子供が会所に姿を見せたからだ。若いと言うより幼いと言うべきだろう。最年長のアキが十一歳、長男が九歳、むつは八歳である。三人とも固い顔をしているが、理由はすぐにわかった。

「波乃姉さん、いませんでしたけど」

アキが心配そうな顔で言った。

「ああ、そのことか」

母屋を訪ねても姿が見えないし戸が閉《た》てられたままなので、将棋会所にやって来たのだとわかった。波乃が最初に悩みごとを解決した相談客が、アキたち姉弟であった。

信吾はすぐに六畳間を出ると下駄《げた》を突っ掛け、格子戸を開けて外に出た。三人がそのあとに続く。緋鯉《ひごい》と小鮒《こぶな》の泳ぐ池を横に見ながら、生垣に作られた柴折戸《しおりど》を押して、アキたちといっしょに母屋側の庭に入った。

金龍山《きんりゅうざん》浅草寺弁天山《べんてんやま》の時の鐘が四ツを告げて、まだそれほど経《た》ってはいない。神田《かんだ》から歩いて来たのだから、菓子と茶を出して持て成すべきだろうが、取《と》り敢《あ》えずは濡縁《ぬれえん》に並んで坐った。まずなによりアキたちが一番気懸りなことを、話さなければと思ったからだ。

「波乃は阿部川町に行っていてね。姉さんの赤ちゃんを取りあげてくれた産婆さんがいるので、そちらで産むことになっているんだ。赤ん坊はまだ生まれていないので、みんなもそうだろうけど小父《おじ》さんも落ち着かないよ」

下に妹二人がいるが、アキたち五人は全員がもらわれっ子であった。だから「お母さん」とか「生まれた家」あるいは「実家」など、辛《つら》い思いをするかもしれない言葉は、信吾はなるべく使わないようにした。

「生まれたらすぐ、知らせてくれることになっているけどね。みんなからもらった水天宮さんのお守りを、波乃は肌身離さず持っている。これがあるから安心だって、痛くなるとかならず握りしめてるよ」

「よかった」とアキが言うと、「よかった」と長男とむつが唱和するように言った。

「神田から歩いて来たんだから、疲れただろう。あがんなさい」と、信吾は子供たちをうながした。「お菓子があったと思う。咽喉《のど》が渇いただろうからお茶を淹《い》れるよ。小父さんのお茶は、波乃小母《おば》さんほどおいしくはないだろうけど」

「波乃姉さん」

直ちにアキが訂正した。アキが十一歳で波乃が二十歳だから十歳も離れていない。「姉さんって齢でもないけどね」と波乃は照れているが、アキたちにすれば小母さんではなくてまさに姉さんなのだろう。

子供たちに八畳間で待ってもらって、信吾は茶を淹れることにした。なにかがあったときのために、竈《かまど》には分厚く灰を被《かぶ》せて熾《おき》を埋《い》けてある。火消壺《ひけしつぼ》から取り出した消炭を、熾の灰を払ってその上に被せた。火吹竹で風を送ると、炭はすぐに真っ赤になった。

菓子を探したがなかなか見付けられない。波乃は子供客、娘客、大人の男女客と、相手に応じて用意しておいたが、信吾にはそこまで気が廻らないからだ。なんとか金平糖を見付けて、それを多めに皿に盛った。

茶を淹れるが、子供なのであまり濃くならないようにした。したと言うだけで、適度な味、そして濃度になったかどうかまではわからない。普段自分が波乃の淹れてくれた茶を、いかになにも考えずに飲んでいたかがよくわかった。

しかし案ずるほどのこともない。子供たちはおいしそうにかどうかはともかく、顔を歪《ゆが》めることなく飲んだのである。いや、気持は金平糖にあって、茶は二の次だったのかもしれない。

「波乃姉さんの赤ちゃん、可愛いだろうね。早く見たいな」

アキが無邪気に言った。

子供が生まれたら教えてほしいと言われているが、波乃も信吾もアキたちの住まいを知らない。住まいだけでなく家業や屋号も、相手が喋らないかぎり、こちらからは訊かないようにしているからだ。

その決まりを破って教えてもらおうかと思ったが、信吾は訊かないことにした。アキたちが神田に住んでいることはわかっている。神田はけっこう広いので、一番近くても黒船町から四半刻、往復で半刻は掛かるだろう。

信吾は昼間は将棋会所に詰めているし、夜も空いていることのほうが少ない。子供が生まれるとなにかとあわただしいので、報《しら》せに行く時間が取れない可能性が高かった。

子供たちが訪ねて来たときすでに生まれていたら、連絡しようと思ったが、住まいを教えてもらっていないことに気付いて焦ったよ。アキたちには悪いが、そう逃げることにしたのである。

そのとき大黒柱の鈴が続けて二度鳴ったのは、対局希望者ありとの常吉からの合図であった。久し振りに聞く鈴の音は、信吾には実に新鮮に感じられた。

「仕事が入ったので小父さんは将棋会所にもどるけど、みんなはここで遊んでいてかまわないよ。玩具とか遊び道具はないけどね」

いつもそうだが長男とむつはアキを見た。どうすべきか姉に伺いを立てたのだが、考えはすぐに決まったようだ。

「今日は帰ります」

「だったら、残した金平糖を包んで持って帰りなさい」

信吾が懐紙を渡すとアキは自分で包んだ。

「ありがとう、信吾小父さん。波乃姉さんに、元気な赤ちゃんが生まれるよう祈っていますって、伝えてくださいね」

そう言い残して三人は帰って行った。

六

その夜、思い掛けず時間ができたので、信吾は阿部川町の春秋堂に急いだ。湿った空気が体にまとわりつくようで、とても重く感じられる。

「生まれましたか」

期待していたせいかもしれないが、姿を見せた滝次郎の表情が緊張して見えたので、信吾は思わずそう訊いていた。

「いや、生まれてはいませんが、念のためお伝さんに来てもらってまして」

産婆が来ていてしかもまだ生まれていないということは、困ったことが起きたのかもしれない。顔が強張《こわば》るのがわかった。

波乃があてがわれている居室が近付くと笑い声が聞こえたので、信吾は思わず胸を撫《な》でおろした。異常はなかったらしいとわかると、緊張が一気に解けるのがわかった。

「お伝さん、お世話になります。みなさまにもご心配をお掛けしまして」

言いながらお辞儀をして信吾は部屋に入った。波乃の枕上《まくらがみ》に坐った背の曲がった老婆が、鷹揚《おうよう》にうなずいた。

波乃の母のヨネも取りあげてもらったとのことなので、産婆は八十歳かそれに近いのではないだろうか。背中こそ曲がっているが、大柄で頑健な体つきであった。皺《しわ》の中に埋まっているような細い目が笑っている。

上体を起こしていた波乃は、信吾にうれしそうに笑顔を向けた。元太郎に乳を含ませている花江、父善次郎と母ヨネの家族全員が揃っている。信吾を見てから花江は滝次郎に目を移した。

「まさか、あなた。信吾さんを脅かしたりしなかったでしょうね」

「まさか」

花江の「まさか」の問いに「まさか」と受けたので、滝次郎以外の全員が笑った。滝次郎はなぜみんなが笑ったのかわからないらしく、キョトンとしている。ときどきだけど距離を感じることがあると、波乃が滝次郎をふしぎがるのはこういう部分があるからにちがいない。

そのとき、波乃が声には出さないものの苦しそうに顔を歪めた。

「陣痛が始まったようですよ。そろそろ生まれるのではないですか」

切迫した信吾に産婆はのんびりと答えた。

「まだ前触れだから案ずることはありませんよ、正右衛門《しょうえもん》さん」

うッと詰まりそうになった。

「正右衛門は父で、わたしは信吾ですが」

「ああ、そうだったわね。なにも案ずることはありませんからね、正吾さん」

うろ覚えなのか惚けているのか判断できないからだろう、だれもが困惑したような笑いを浮かべた。

「正吾でしたら弟ですが」

「それだけ落ち着いてりゃ心配なさそうだ。今はね信吾さん、前触れみたいなもんで、陣痛はもっと先だからあわてなくても大丈夫」

伝さんはなにもかもわかっていてやっているのだ。初めての子供が生まれるのをまえにして、若い夫が気を昂《たかぶ》らせているので、少しでも解《ほぐ》さなければと思って、笑わそうとしたのかもしれない。

何十人と取りあげてきたからだろうが、お伝さんは余《よ》裕綽々《ゆうしやくしやく》としている。前触れだからと安心させたつもりだろうが、信吾には「前触れ」の意味がわからなかった。

信吾の戸惑いに気付いたからだろう、波乃がお伝に聞かされたばかりと思える説明をしてくれた。

「あたしは急な痛みと張りに驚いたけれど、今はまだお腹がお産の準備をしているところなんですって」

どうやらこういうことらしい。

本格的な陣痛のまえに起こる不規則なお腹の張りと痛みを、お伝さんは前触れと言ったのである。人によってかなりの差があるようだが、月経《つきのもの》のときのような痛みを感じる人が多いそうだ。説明されても信吾に実感の湧く訳がないが、下腹部のズーンと重い、あるいは収縮するような痛みであるらしい。

陣痛になると痛みが段々と強くなり、その間隔が次第に短くなるとのことだ。波乃の場合は痛みとその間隔が不規則なので、すぐに生まれることはない。

「波乃さんはおしるしを見ないから、まだ先だね」

お伝さんがまた、わからないことを口にした。

おしるしは出産が近付くと出てくる赤みを帯びた粘液のことらしいが、月経がどういうものかもわからない信吾には見当もつかなかった。相談屋はどんなことでも知っていなくてはと言っても、これればかりは訊く訳に行かないし、波乃にしても答に窮することだろう。

それにしても信吾はもどかしくてならなかった。わからないので訊いたり教えてもらったりしたが、どうしても「とのことだ」「らしい」「ようだ」「そうだ」「だろう」と曖昧になってしまうのである。

「お産が近いのはたしかなのだから」と、お伝さんが言った。「それに備えなくてはならないよ、波乃嬢ちゃん」

出産間近の身重なのに、平気で「嬢ちゃん」と呼ぶのだからお伝さんにはかなわない。

「ちゃんと食べて、たっぷりと眠りなさいね。痛みは夜中に起きることが多いから、どうしても寝不足になるの。だから昼寝するのよ。ともかく眠くなったら寝りゃいいのだけれど、左向きに寝なきゃだめ。赤ん坊がおおきくなってるから重みがある。血の管が圧されると流れが悪くなるからね。食べて寝なきゃ、いざお産ってときに力が出なくて困るから」

栄養や睡眠が不足すると体力がなくなり、陣痛がきても弱まるなどして、分娩《ぶんべん》の時間が長くなるのだそうだ。

「なにかすることはありますか。わたしはどうすればいいのでしょう」

信吾にすれば真剣な問いであったが、伝さんはこう宣《のたま》ったのである。

「どうしようもないわね。ただ、うろうろ、おろおろするしかないんじゃないの」

これも初めて父親になる男をからかっているのではなく、緊張をほぐそうとしてのことだろう。これまでに何十人もの初めて子を得る男たちを見てきて、それぞれに応じてどうやればいいかを熟知しているにちがいない。

信吾は弱々しい笑いを浮かべるしかなかった。

「あッ、痛《いた》た」

波乃が下腹に手を当てて呻《うめ》いた。

「男がいかに無力かと言うことを、思い知らされますね」

信吾がつぶやくと、滝次郎がおおきくうなずいた。

「でしょう。こればかりは、そのときにならないとわかりませんから」

「なに言ってるの」と、花江が言った。「そんなことを言ってたら、お産のときどうするのですか」

そう言われても、信吾も滝次郎も答えようがなかった。

「波乃さんや」

嬢ちゃん抜きで話し掛けられたので、波乃はていねいに答えた。

「痛みは前触れだから、なにも心配することはないからね。痛みと痛みのあいだが次第に短くなって、痛み方が段々と強くなったら、そのときはお産が近いということだから人を寄越しなさい。いつでも出られるよう、用意して待ってるから。あまり気を張り詰めず、ちゃんと食べて、ぐっすり眠るんだよ」と言って、お伝婆《ばあ》さんは全員を見た。

「それじゃ、あたしは帰りますからね。本人もそうだけど、産婆もちゃんと食べて、よく眠っておかないと、いざというとき役に立たないから」

「よっこらしょ」との掛け声とともに、お伝婆さんは立ちあがった。元太郎を抱いた花江だけが残って波乃に付き添い、ほかの者は全員でお伝さんを見送りに出た。

ほどなくもどったが、波乃の居室のまえで立ち止ると善次郎が言った。

「さっき時の鐘が五ツ（八時）を告げたから、しばらくは二人だけにしてあげようじゃないか」

花江は元太郎を抱いたまま立ちあがると、その手を取ってさよなら代わりに波乃に振って見せ、部屋を出ると居間に向かった。廊下の足音が消えるのを待ってから信吾が言った。

「アキちゃんと長男、それにむつが心配してやって来てね、波乃が水天宮さまのお守りを肌身離さず持っていると言ったら喜んでいた。元気な赤ちゃんが生まれるよう祈っていますって、伝えてくださいと言ってたよ」

「そうなの。心配してくれているのね」

「あの子らにとっては、波乃の子は弟か妹のような気がするんじゃないかな」

「あたしの子ではなくて、信吾さんと二人の子でしょ。元気な赤ちゃんを産まなきゃね」

　そう言ってから波乃は顔をしかめた。前触れの痛みが起きたらしいので信吾は波乃の手を握った。痛みは長くは続かなかったようだ。

「子供の名前だけどね」

「考えてくださったの」

「波乃も考えてるのだろう」

「信吾さんの考えを教えてくださいな」

「男の子でも女の子でもおなじ、どちらにも使えるのを考えたんだけど」

「あら」と、しばらく考えてから波乃は言った。「まるでわからないわ。どちらにも使えるとなると、忍《しのぶ》とか光《ひかる》、静《しずか》なんかかしら」

「お宮さんに行くと注連縄《しめなわ》を張ってあるだろう。藁《わら》を左縒《ひだりよ》りにして、三筋、五筋、七筋と順に捻《ひね》り垂らし、そのあいだに紙垂《しで》をさげてあるね」

信吾がなにを思い、どんな名前を考えたのか見当が付かないからだろう。波乃はただ黙って信吾の目を見ている。

「注連縄は七五三《しちごさん》縄とも書くが、読みはおなじシメナワだ」

「男の子でも女の子でもおなじって、もしかして七五三と書いてシメですか」

「よくないかな」

返辞までにかなりの間があった。

「見たことも聞いたこともない名前なので、信吾さんが思い付いたことにまずびっくりしました」

「考えに考え抜いたんだけど」

「なんだか自分の子供なのに、両掌をあわせて拝みたくなりそうな名前ですね」

「おなじにしようと思ったけれど、男の子はひと捻りして最後に一を加えて七五三一。四文字で読みはシメカズだ。縦に書くと七五三一だから、下から上へと二つずつ数が増えてゆくので縁起がいいだろう」

またしても波乃は考えに耽《ふけ》ってしまった。むりもないだろう。次々と思いもしないことを並べられたら、だれだって混乱するはずである。

「わたしはできれば七五三にしたいんだけど、なぜなら二人の名前の組みあわせでもあるからね」

「組みあわせですって。それもあたしたちの名前の」

「そうだ波乃のナミから七と三。信吾のゴから五。それを組みあわせると七五三になる」

「七と三のあいだに五があって、しっかり結び付いていますね。と言うより五が七と三を引き寄せてるのだわ」

波乃の顔が明るさを増すと、笑みが溢《あふ》れてこぼれた。

「二つとない名前だし、とても素敵。物心がつく年頃になると、シメシメなんて渾名を付けられるかもしれないわね。だけど信吾さんとあたしの子供なら、言った子といっしょになって大笑いしそう」

信吾は舌を捲くしかなかった。渾名のことは信吾も考えて、波乃がそれを理由に反対するかもしれないと思っていたのである。ところがいっしょになって大笑いしそうとの、おおらかな言葉が返ってくるとは思いもしなかったのだ。

「ギャフン、してやられた」

その決まり文句がこれほどふさわしいことはない、と信吾はしみじみと思ったのである。念のために波乃の考えていた名前を訊こうかと思ったが、七五三と七五三一が気に入ったようなので、そのままにしておいた。

波乃が子供の名に賛同したこともあって、話は弾みに弾んだのである。

「よろしいかな、信吾さん」

善次郎の声にわれに返ったが、ほどなく四ツなので各町の木戸が閉まるからと、声を掛けてくれたのであった。番太郎にいちいち潜《くぐ》り戸《ど》を開けてもらうのは煩わしいし、波乃も順調だったので黒船町に帰ることにした。

信吾は波乃のことと、子供が生まれたときの連絡を頼んで、春秋堂を辞したのである。

七

前触れがあると早い人で数刻後、人によっては数日後に陣痛が起きると、産婆のお伝さんに言われていた。真夜中に叩《たた》き起こされてもすぐに駆け付けられるよう、信吾は畳んだ着物を枕辺に置いて寝た。

数刻後から数日後では、あまりにも幅がありすぎてどうしようもない。しかし人によってちがう、個人差がおおきいのだと言われればそれまでであった。多くの赤ん坊を取りあげた産婆ほど、そして誠意があればあるほど、そう言うしかないのだろう。

わずかな音にも耳をそばだてるために信吾の眠りは浅く、というよりほとんど眠れなかった。陣痛や分娩についての知識はまるでないが、知らなければ知らないなりに漠とした不安はある。

結局、朝まで雨戸が叩かれることはなかった。だが気の張りのためか、信吾は寝不足だとは感じなかったのである。

起きるといつもどおり、常吉と護身術の鍛錬に励んだのであった。

味噌汁と根菜の煮物を温め、漬物と佃煮、お茶漬けで朝食をすませた。常吉は波乃が春秋堂に身を寄せているのは知っているが、信吾が訪れていたことに気が付いていただろうか。

前夜、峰が作った食事を食べ終えると、常吉は番犬の餌を持って将棋会所にもどった。夜更かしはしないように言ってあるが、常吉は寝室にしている奥の六畳間に将棋盤と駒、そして詰将棋の本を持ちこんでいた。

女チビ名人ハツとは五局指して一局、調子がいいと二局勝てるまでに腕をあげている。仕事をこなしながらではあるが、大人客との対局も増えていた。着実に力を付けてきた常吉は、将棋がおもしろくてたまらないにちがいない。

夜更かしせず早寝するように言ってはあるが、あるいは信吾がそっと母屋を抜け出したことに、気付いていたかもしれない。しかし奉公人は主人の言動について、余程のことがないかぎりあれこれ言わぬことになっている。

朝の食事は黙々とすませたが、食べ終わって茶を飲みながら常吉がそれとなく訊いてきた。

「将棋会所のお客さんたちが、みなさんかなり気になさっているようですけど」

そう言われれば、なんのことかわからぬ訳がない。

「生まれたら、春秋堂から報せが来ることになっているがまだ来ない。そろそろだとは思うけれど、果たしていつになることやら」

「そうですか」

そこで会話は途絶えた。犬の餌皿を手に将棋会所にもどった常吉は、表座敷の八畳間と六畳間、六畳の板の間を掃除する。そして駒入れを乗せた将棋盤を挟むように座蒲団《ざぶとん》を並べ終えると、将棋客に茶を出すために湯を沸かすのであった。

将棋客たちが来るまでのあいだ信吾は本を読んですごすことが多いが、さすがにそんな気にはなれなかった。

八畳間の障子を開けて濡縁に坐ると、見るとはなしに庭に目をやった。目をやっただけで見ている訳ではなかったが、動くものがいるのに気が付いた。キジバトの番《つがい》である。

いつもは波乃が屑米《くずまい》や大豆を撒《ま》いてやっている。信吾はお勝手の土間の棚に置いた袋から、屑米と大豆を左右の手に一摑みずつ取って八畳間にもどった。

それを知ったのか庭のキジバトが近寄って来たので、信吾は適当に撒いてやった。キジバトはかなりの速度で小刻みに啄《ついば》む。野生ではいつ餌にありつけるかわからないので、自然とそうなるのだろう。

ぼんやりと見ていると、いつの間にか二羽は食べ終えていた。

——寂しいんじゃないの。

いつもそうだが、話し掛けるのは決まって雌のほうである。

——いや、のんびりできるから、たまにはいいものだ。

——痩せ我慢はおよしなさい。気が気でないのはわかっているんだから。今日あたりなんだろ。

——えッ、なにが。

——惚けなさんな。あのお腹見りゃ、見当が付こうってもんだよ。もう生まれてるかもしれないね。

——まさか。生まれたら、すぐに報せが来ることになってるから。

——ま、楽しみに待つことだ。ほんじゃご馳走《ちそう》さん。

羽音を立てて二羽は飛び去った。もしかすると信吾たちの借家とおなじように、餌をもらえるお人好《ひとよ》しの住む家が、何箇所かあるのかもしれなかった。

将棋会所の庭と母屋の境を成す生垣は人の胸ほどの高さしかないので、格子戸を開けて一人また一人と会所に入るのが見えた。五、六人はいただろうから、そろそろ会所に向かおうかと思うと、大黒柱の鈴が鳴った。会所の鈴はしばらく鳴らないままだが、母屋には常吉からの連絡が入ることがある。チリリチリリと二回鳴ったので、対局希望者のようであった。

母屋の戸締りをすると、信吾は柴折戸を押して会所の庭に入る。

障子は開け放ってあるが、小僧の常吉のほかは常連客ばかりで、対局希望者らしい客の姿は見えなかった。

沓脱石からあがって目顔で問うと、常吉は手を差し伸べるようにして言った。

「甚兵衛さんと桝屋良作《ますやりようさく》さんが、席亭さんとの対局をご希望で、対局料はいただいております」

「返しなさい、常吉。いつも言っていますが、勝負が着いてからにしないと、相手の方に対して失礼でしょう」

「いや、常吉さんはそう言ったのですがね」と、甚兵衛が弁解するように言った。「どうせ歯が立たないとわかっていますから」

「それにしても重鎮のお二方が対局をご希望とは、これはまたどういう風の吹き廻しなのですか」

二人は昨年の将棋会所「駒形」主催の将棋大会の、優勝と準優勝という強豪である。

答えたのは甚兵衛であった。

「席亭さんがどういう理由がおありなのか、気も漫《そぞ》ろなごようすなので、ここはひとつ対局に集中して気を紛らしていただこうと」

お産が近いことがわかっていながら、「どういう理由が」との言い方がいかにもこの人らしい。

「甚兵衛さんのお言葉は、あくまでも建前でしてね」と、桝屋良作が言った。「お子さんが今日生まれるか明日生まれるかで、席亭さんはそわそわして完全に自分を喪《うしな》っておられる。これぞ千載一遇の好機で、もしかすれば今なら勝てるかもしれん。これを逃せば生涯勝つ機会が訪れぬやもしれぬ、というのがどうやら本音のようです」

甚兵衛も負けてはいない。

「ほほう、桝屋さんはそういうお気持でしたか。それにはてまえは、気付くこともできませんでしたよ」

「その調子で、どうかお続けください」と、信吾は双方に笑い掛けた。「お二人の舌戦は、対局より遥《はる》かにおもしろいですから」

「席亭さん、いくらなんでもそりゃひどすぎませんか」

桝屋が大袈裟に嘆くと、ほかの常連客たちがどっと笑った。

「で、どちらさまがお先かは、ジャンケンで決めていただきましょうかね」

「対局まえに先手を取られてしまいました」と甚兵衛は、お手上げですとでも言うように両手を差しあげた。「噂《うわさ》通り、将棋会所『駒形』の席亭はただ者ではないですな」

「ただ者でない席亭さんのおっしゃったジャンケンで、てまえが先に挑戦させていただきます」

と桝屋良作が言った。

「だから、小僧さん」と、甚兵衛が常吉に言った。「特別の対局ですのでね、八畳間をお二人の対局の場に作り替えてください。ほかの盤は片付けて部屋の真ん中に一つだけ据え、周りにぐるりと見物人の座蒲団を並べるといいでしょう。今日ばかりは、普通の対局は無視してもかまいません」

いささか大仰なことになったが、急遽《きゅうきょ》対局の場が設《しつら》えられたのである。あとから来た客たちはなにごとなのかと驚いたようだが、事情を知ると奪いあうようにして良い席を占めた。そんな客たちのまえに、常吉が湯呑茶碗を置いてゆく。

「では始めていただきますが、振り駒でなく桝屋さんの先番でねがいます」

甚兵衛に言われた信吾と桝屋が坐るのを待っていたように、金龍山浅草寺弁天山の時の鐘が、三つの捨て鐘に続いて五ツを告げた。

「まさに歴史的な対局の、幕開けにふさわしい鐘の音ですね」

両者が深々とお辞儀をすると、一呼吸、二呼吸、三呼吸と間を取ってから、桝屋良作が飛車先の歩兵を突いて決戦の幕が切って落とされた。

常吉はそっと土間におりると、格子戸を開けて戸外に出た。遅れて来た客に特別な対局が始まっているので、どうかお静かに願いますと断りを入れるためである。

将棋の楽しさと怖さがわかってきた常吉にすれば、席亭と桝屋良作の対局は、なんとしても見たいにちがいない。ところが腕だけでなく心の面でも成長した常吉は、じっと堪《こら》えて仕事に徹したのである。

信吾は将棋客たちの級を上中下に分けているが、おおよそで上級が一割、中級が二、三割、下級が六、七割の見当であった。下級は時間潰しに指す連中と、将棋を始めて間のない初心者である。

特別の対局を熱心に見ているのは、ほとんどが上級と、中級の上か中の指し手であった。

桝屋がこの勝負に懸ける意気込みは凄まじく、甚兵衛と冗談を言いあっていた人物と、同一人とはとても思えなかった。

一進一退を繰り返していた攻防は、四ツ半（十一時）すぎにようやく勝負が決した。迷った末に指した心の隙を見逃さず、一気に攻め掛かった信吾を桝屋は凌《しの》ぎ切れなかったのである。

「お疲れさまでした。お二方」と、甚兵衛が労《いたわ》った。「それにしても凄まじいとしか言いようのない、素晴らしい勝負を見せてもらいましたよ。ところで席亭さん、疲労困憊《ひろうこんぱい》なさっているでしょうから、てまえとの対局は明日にいたしましょうか」

「甚兵衛さんは実に巧みですね。そう持ち掛けられたら席亭として、そう願えればと言えない弱点を衝《つ》いてこられる。いかに疲れていようと、挑戦はお受けいたします」

「いえ、こちらはそこまでの策士ではありません。てまえもそうですが観戦された方はどなたも、お二人の一手一手に強い印象を受けられたと思うのですよ。この熱い思いの冷えぬうちに、みなさんと検討をしたいと考えましてね」

そう言って甚兵衛が見廻すと、だれもが同意してうなずき、中には拍手する者までいた。

昼食後の九ツ半（一時）から有志による検討を始めることになったが、だれもが自分の考えた指し手を語りたいと、興奮していたからにちがいない。

八

信吾は熟睡し、爽やかに目覚めることができた。

前夜はほとんど眠れなかった上に、桝屋良作との死闘があったのだ。しかも間を置かず、午後はその勝負の検討に入ったのである。

一手進めるごとにだれかが、あるいは何人かが自分の考えていた手について語った。そのほとんどは凡手であったが、中に意外な手や、信吾が考えてもいなかった妙手があって驚かされた。以後の展開がいくつも考えられ、信吾は強烈な刺激を受けたのである。

七ツの時の鐘が鳴ったので打ち切ることにしたが、そのころにはだれもが顔を火照らせていた。こうなると翌日の信吾と甚兵衛の対決に寄せる期待はおおきく、だれもがそれを口にして帰路に就いた。

信吾には将棋の与える興奮の背後に、常に波乃のこと、春秋堂からの連絡がいつ来るかとの思いがあった。しかし対局中も検討中も、春秋堂からの使いは来なかったのである。食事を終え、横になってからも、雨戸は叩かれなかった。

すでに前触れがあったのだから、いつ陣痛が起き、分娩が始まるかわからない。そのため信吾は前夜とおなじく、畳んだ着物を枕辺に置き、土間に新しい草履を出して寝た。

前日の桝屋との熱戦が凄まじかったので期待したのだろう、翌朝はいつもより客の集まりが早かった。今では有能な助手となった常吉が、言われるまえに対局の場を設えてあったので、だれもが良い席をねらっていたにちがいない。

「ほぼ揃ったと思いますので、対局を始めていただきましょうか」

桝屋良作にそう打診された甚兵衛と信吾は、同時に首を横に振った。おなじ思いだと覚《さと》ったらしく、口を切ったのは甚兵衛である。

「きっちり五ツに始めましょう。おなじ条件でやらないと、桝屋さんと席亭さんに対して申し訳ないですから」

そう言っただけで拍手が起きたのだから、勝負に寄せる期待がいかにおおきいかがわかろうというものだ。

昨日の勝負やこれからの攻防にたいする話題のためにざわついていた場が、一瞬にして静寂になった。弁天山の時の鐘が時刻を告げたからである。将棋大会第一位の甚兵衛と席亭信吾の勝負が始まった。

ところがその緊張は、半刻後の五ツ半（九時）ごろに破られたのである。

格子戸が静かに開けられたが、それに気付いた者は一人もいなかった。遅れて来る者がいる気遣いはないので、常吉も八畳間にいて、客たちの背後から観戦していたからである。

「信吾さま」

声を耳にすると同時に信吾は立ちあがっていた。あまりの急で激しい動きに、対局者の甚兵衛は当然としてだれもが驚いたほどだ。

「モトさんじゃないですか、どうしました。もしかして」

言いながら信吾は格子戸のほうへと急ぐ。

連絡は番頭か手代、でなければ小僧、つまり男の奉公人のだれかだと思っていた。ところが少女時代からの、花江と波乃姉妹の教育係だった上女中がやって来たのである。余程のことが、と不吉な想《おも》いが走ったのも止《や》むを得《え》ないだろう。

「無事にお生まれで、母子ともに息災でございます。姫」と、モトは言い直した。「女のお子さまです」

　同時にカシャカシャと音がしたのは、甚兵衛が勝負中の盤面を崩してしまったからだ。信吾が見ると甚兵衛が言った。

「こんなことをやっている場合ではありませんよ、席亭さん。すぐに参られませ」

　周りで次々と祝いが述べられ、拍手が起きてはどうしようもなかった。

「甚兵衛さん申し訳ありません。みなさんどうもすみません。ちょっと出ますので」

　モトに待ってもらい、急ぎ母屋にもどって着替えると、信吾は新しい草履に足を入れた。

「モトさん、駕籠《かご》を呼びましょう」

「わたくしでしたらけっこうでございます。春秋堂までわずか十町（約一〇九〇メートル）ほどですから。それに道々、話しておかねばならぬことがございますので」

　それを聞いただけで、信吾は強烈な不安に襲われた。将棋会所は人が多かったので「母子ともに息災」と言ったものの、「実は……」と続きがあるのではないだろうか。全身から力が抜けて、歩くのが急に遅くなってしまったほどだ。それなのにモトはこう言った。

「落ち着いてくださいい、信吾さま。それと、もう少しゆっくりお歩き願えれば」

「そんなことを言ったたって」

「あわてたところで、どうしようもありません。お生まれになられたのは、夜明けまえの七ツ半（五時）でしたから」

「なんだって。今は五ツ半だよ。なぜ二刻ものあいだ連絡してくれなかったのですか」

「ですから、落ち着いてくださいと申しましたでしょう。赤さんがお生まれになっても、後産がございます。胞衣《えな》と言って、胎児を包んでいた膜などが出終わるまで、さらに半刻は掛かるのです。その後もなにかとありますから、すぐに来ていただいても、話すことすらできないありさまでした」

「すまなかった、モトさん。よくわからないのに、あれこれ言って」

西に進んだ二人は日光《にっこう》街道に出て右に折れ、北への道を取った。道の両側が諏訪町《すわちょう》だが、最初の通りで左に折れて西に進む。町屋を抜けて右手にある大名屋敷を二つすぎると右に折れ、すぐに左に曲がって真《ま》っ直《す》ぐ行けば新堀川《しんぼりがわ》に突き当たる。そこに架けられた橋を渡れば、その先に六区画に分かれた阿部川町があった。

道々モトが語ったところによると、陣痛の始まったのは前日夕刻の七ツごろであった。桝屋良作との勝負についての検討を終え、客たちが帰り始めた時刻である。

出産が今朝の七ツ半で、後産が出て分娩が終わったのが六ツであった。七刻（十四時間）のあいだ波乃が苦しみ抜いたというのに、信吾はまるで知らないでいたことになる。

出産経験のないモトが、産婆のお伝や経験者の花江とヨネ、当の本人である波乃から聞いた話を、男の信吾に伝えるのだから心許《こころもと》ないかぎりであった。

陣痛が始まってから赤子が母体から出られるようになるまでが、六刻（十二時間）から七刻ともっとも長いそうで、痛みがどんどん強くなって、話せなくなったり動けない妊婦すらいるとのことだ。そして赤ちゃんが出て来るまでが半刻から一刻（約二時間）、後産が半刻くらいですべてが終了する。

ということは陣痛から出産、そして後産まで半日以上も掛かるということであった。信吾は長くても二、三刻（四〜六時間）で終えられると思っていたのである。

「赤さんがお生まれになった七ツ半は、満ち潮だったそうでございます。お産は月や日輪におおきく作用されるそうで、赤子は満潮時に生まれることが多いとのことです」

「ありがとう。よくわかりました。するとモトさんは一睡もしていないのだね。さぞやお疲れのことでしょう」

「波乃さまに較《くら》べたら、なんのこれしき」

モトの独特の言葉つきや口調の固さは、出自が身分の高い武家のためだと思われる。

自分を冤罪《えんざい》に陥れた三人の武士を、モトの父は長男次男と共に切り伏せるとその場で自刃した。そのころ屋敷では、母が懐剣で咽喉を突いて自害していた。自分も死にたかった姉は母に諭され、死者を弔うため髪を落として尼になった。

引き取るという親族もいたがモトは武家を捨て、かつて楽器を通じて知りあった春秋堂の善次郎とヨネを頼ったのである。ヨネはモトを見世には出さず、幼かった花江と波乃の教育係としたのだった。

善次郎とヨネがほかの奉公人とは別扱いしたこともあって、モトには独特の口調が残ったのだと思われる。信吾はそれらの事情をべつの筋、つまり岡っ引の権六《ごんろく》から聞いた。もちろんモトはそんなことは知りもしない。

一応の流れを聞き終えたとき、信吾たちは春秋堂に着いていた。見世では父の善次郎と花江の夫滝次郎が客の応対をしていたので、軽く会釈しただけで土間を通って中暖簾《なかのれん》を潜り、さらに奥へと進んだ。

波乃の居室に通されると、元太郎を抱いた花江と母親のヨネはいたが、産婆のお伝さんの姿はなかった。夜を徹して出産に立ち会ったのだから、モトとおなじく一睡もしていないことになる。老齢の身にはさぞや堪えたことだろう。後産の処理をすませ、いくつかの注意点について話すと、睡眠を取るためひとまず帰ったのだった。

波乃は赤ん坊と頭を並べて眠っていた。長い時間、激しい痛みを耐え抜いただろうに、疲れはさほど見えず、思っていたよりずっと安らかな寝顔であった。無事出産した安堵《あんど》と、元気な女児を得た満足が疲れを吹き払ったかのようであった。

赤子は母の胎内から長い時間を掛けてこの世に登場したのだが、力を出し切ったためだろうか、ただひたすら眠っている。それにしてもなんと赤いことだろう。まさに赤子と言うしかないと、信吾は妙に感心したのである。

信吾が意外な思いをしたのは、なんとものっぺりした顔であったことだ。目蓋は腫れぼったく、鼻はちょこんとちいさかった。なにより驚いたのは耳で、ちいさいばかりでなく頭にぴったりと貼り付いていたのである。

母の胎内から出るとき、少しでも抵抗をなくすためにそうなっているのだろう。信吾はそれまでに何度か赤ん坊を見ているが、生まれたばかりは初めてであった。元太郎のときも十数日、いやもっと経っていたと思う。ちいさいながら鼻は鼻らしく、耳は耳らしくなっていた。だから余計、目のまえの赤ん坊の顔が扁平《へんぺい》に見えたのである。

「起こしますね」

花江に言われて信吾はあわてて首を振った。

「そっとしておいてください。朝まで辛い思いをして、疲れ切っているでしょうから」

信吾の言葉を無視して、花江は波乃の肩を揺さぶった。

「よしてください。わたしは目を覚ますまで待つつもりです」

「労って、いえ、褒めてやってほしいんです。波乃、よくやったって。それだけで、ひどい疲れが嘘《うそ》のように軽くなりますから」

あるいは自分の体験か、でなければ強く感じたことだったのだろう。それをなんとしても、信吾に告げたかったにちがいない。

花江はなおも揺さぶり続けた。やがて波乃が目を覚まし、信吾を認めると顔中を笑みで満たした。

「七五三《しめ》でした」

女の子だと囁《ささや》いたのだ。だがそれが生まれたばかりの女児の名だとは、花江もヨネも思いもできなかったことだろう。

上掛けからわずかに出ている手を取って、信吾は両掌で包みこんだ。

「ありがとう。頑張ってくれたんだね。元気な子を産んでくれて、本当にありがとう。付き添っていたかったんだけど、できずにごめんな」

「たいへんだったけど、本当にたいへんなのはこれからですからね」

母親のヨネがそう言ったのは、「七歳までは神のうち」との諺《ことわざ》を含めての戒めだろう。さらには「疱瘡《ほうそう》は器量定め、麻疹《はしか》は命《いのち》定め」など、行く手にはさまざまな障害があることを忘れて浮かれるな、との忠告なのだ。

「女の子でよかった。女の子は父親、信吾さんに似るのでしょう」

そう言って微笑んだ波乃は、その笑顔のまま深い眠りに落ちた。それほど疲れ切っていたのだ。

「随分とお世話になりましたが、あと何日くらいで家にもどれるのでしょうか」

ヨネのほうに比重を掛け気味に、信吾は小声で二人に訊《たず》ねた。

「お伝さんの話では、お産を終えたあとは重い病人とおなじなので、七日、せめて五日は安静にしていなきゃならないそうです」

ヨネの言葉に花江がうなずいた。

「二十日間はいつでも休めるように、床上げをしないようにって言われたわ。この子は」と、花江は抱いた元太郎に目をやった。「ひと月の早生まれで小さかったから、あたしは半分の十日で普通にもどれたけど、念のために半月、十五日間は蒲団はあげずに、なるべく休むようにしていました」

「そうですか。二十日ですね」

「寂しいでしょうが我慢なさい」

「いや、寂しい訳ではありませんが」

「だから、痩せ我慢はいいの」

おやッと思ったのは、キジバトの雌がほとんどおなじことを言ったのを思い出したからである。

「産後の肥立ちと申しましてね、信吾さん」と、ヨネが言った。「安静にして、しっかり休んで体に力を取りもどし、ちゃんとお食事をすることが大切なの。でないとあとになってなにかと不都合が生じますから」

「不都合と申しますと」

「急に太ったり腰に痛みが出たり、尾籠《びろう》な話で申し訳ありませんが、尿漏れが起きたりするそうです」

「でしたら、ご迷惑でしょうが、もうしばらくお願いいたします」

「迷惑なものですか。自分の娘ですもの」

「母さん」と、花江が呆れ顔で言った。「波乃は信吾さんの奥さんなんですよ」

三人は思わずというふうに笑ったが、波乃を起こしてはならないので、その笑いは随分と控え目であった。

九

「波乃のことはあたしたちに任せて、なにも心配せずに信吾さんは仕事におもどりください。波乃と二人で子供を育てなければならないのですから、これまで以上に励んでいただかねばなりませんからね」

「わかりました。では、巌哲《がんてつ》和尚《おしょう》さんと」

「宮戸屋さんにはお報せしましたから」

娘の嫁ぎ先だから、春秋堂が報告するのは当然かもしれない。

「それでは和尚に報せて、なるべく早く会所にもどるようにします。善次郎さんと滝次郎さんに、どうかよろしくお伝えください」

信吾は巌哲和尚に会うまえに、まず宮戸屋に向かうことにした。春秋堂から報せてくれたとのことだが、本人から両親と祖母、そして弟夫婦に伝えたかったからだ。

四ツをすぎたので、宮戸屋は昼の客入れを始めているはずである。取り敢えず報告だけで、挨拶は改めてするつもりであった。

「信吾、おめでとう。女の子だってな。波乃さんも元気だそうで安心したよ」

宮戸屋の暖簾を潜るなり、父の正右衛門に声を掛けられて驚いた。春秋堂から連絡があったため、ほどなく信吾が来ると予測して、見世の土間で待っていたのかもしれない。

客入れどきであっても、あるじは特にすることがないからである。

声を聞いたからだろう、すぐに母の繁、続いて祖母の咲江が姿を見せた。

「ご心配をお掛けしましたが、無事生まれました。女の子で、安産だったそうです」

ほどなく弟の正吾と新妻の恵美《えみ》がやって来たので、祝いの言葉と礼が交わされる。

会食の客たちへの料理は、出し終わったとのことであった。ということは少しは話ができるということだが、信吾はのんびりしてはいられなかった。

「実は母さん、この足ですぐ巌哲和尚に報告しようと思うのですが」

「それがいいわね。名付け親は特別ですもの。だったらちょっと待って。いい下り酒が入ったから、持って行っておくれでないか」

「実はそれがねらいでして」

「わかってはいるけど、声に出して言うことじゃないよ」

笑いながら徳利に酒を詰めるのであった。

初対面のときに波乃をすっかり気に入ったこともあるが、巌哲はたいそう喜んでくれた。

「であれば祝盃《しゅくはい》をあげにゃならん。でなけりゃせっかくの繁さんの心遣いを、無視することになるでな」

理由はなんとでも付けられるものである。

「ですが、わたしは仕事にもどらねばなりませんので」

「わかっておる。呑み干そうというのではない。口を付けるだけだよ、祝いのな」

言いながら注いでくれたのは、盃《さかずき》ではなく一合は入りそうなぐい呑みであった。

信吾はあまり酒は強くなく、一合で赤くなって二合で酔い、三合入ると眠くなってしまう。名付け親に祝盃だと言われたら、空けない訳にいかないが、一気に呑み干せる量ではなかった。

そこで信吾は、子供に付けようと思っている名前に付いて話すことにした。七五三にしたと言うと、和尚は体を揺すって大笑した。

「波乃さんのことだ、諸手《もろて》を挙げて賛同したのではないのか」

「そうなんですよ。シメシメなんて渾名を付けられるかもしれないけれど、二人の子供なら名付けた子といっしょになって、大笑いしそうだと言ってました」

「そのおおらかさは、波乃さんならではであるな」

和尚がやたらとおもしろがるので、信吾は二人の名前を組みあわせたことを話しそうになった。しかし語呂あわせや回文などの、言葉遊びの延長のようで、幼稚さが気恥ずかしく、辛《かろ》うじて口に出さずにすんだ。

菩提寺《ぼだいじ》の巌哲和尚のもとを辞したが、自分でもわかるほど顔が火照っている。少しは醒《さ》まさないと、このままでは将棋会所にもどる訳にいかない。なにしろ真昼間なのだ。

信吾は雷門《かみなりもん》まえの「いかずち」に寄ることにした。晩秋九月に挙式することになった鶴吉の両親が営む、茶屋町にある茶屋である。鶴吉に教えれば、女児誕生が竹輪の友の全員、と言っても完太と寿三郎だが、ともかく全員に伝わるはずであった。

顔が赤いことについて散々言われたが、母子ともに元気だとだけ話して「いかずち」を出た。次に信吾は猿屋町《さるやちょう》代地に向かったが、残念ながら猿曳《ひ》きの誠と猿の三吉は仕事に出たあとであった。

将棋会所にもどることにした。

ところが会所にもどると常連客たちが酒宴の用意をして、信吾を待ち受けていたのである。信吾が春秋堂に向かってほどなく、宮戸屋から下り酒の一升徳利が五本も届けられたそうだ。

「しかも先ほどたくさんの」

甚兵衛に言われて見ると、座敷の至る所に料理が盛られた皿が置かれていた。宮戸屋から持ちこまれたものはきれいな盛り付けがされていたが、大中小さまざまな皿に取り分けられたものは、常吉や客たちがやったらしく実に雑然としていた。

「みなさま、どうかお聞きください」と、信吾はおおきく両腕を拡《ひろ》げながら言った。

「これまでにも何度も申してきましたが、ここがどういう場所かおわかりですね」

「わかってまさあ」と言ったのは、今戸町《いまどちょう》の瓦の窯元に入り婿した夕七《ゆうしち》であった。「居酒屋『駒形』でやんしょ」

どっと笑いと拍手が起きた。酒と料理が目のまえにあれば、どうして我慢ができようか。

「駄目だ、こりゃ」

思わず肩をすくめる信吾の、その肩を叩いたのは甚兵衛であった。

「席亭さん。今朝の対局ですがね。延期、それも無期延期、つまり中止となりました。

ここにいる、席亭さんを除く全員の意見が一致しまして」

「それじゃ、甚兵衛さん。桝屋さんに対して申し訳が立たないでしょう」

「いいえ、てまえが提案したのですよ」と、当の桝屋が言った。「そわそわ、はらはら、どきどきしていた今朝の席亭さんなら、なんとか打ち負かせたかもしれませんが、もう駄目です。可愛らしい女の子が生まれて、波乃さんもお元気だとのこと。となれば妻子のために、ますます仕事と将棋に励もうと意気軒昂《いきけんこう》な席亭さんは、これから男盛りを迎える二十三歳。言っちゃなんですが甚兵衛さんは、お元気であることは認めはしましても、年齢の割にはという条件付きですからね。還暦をとっくにすぎた甚兵衛さんが、どうあっても席亭さんに太刀打ちできる訳がないではありませんか」

「それにしても桝屋さん」と、信吾は呆れてしまった。「矢継ぎ早に、よくもそれだけ言葉が出るものですね。しかも本音が散見されましたが」

「いえ、私見は一切含まれておりません」

信吾は客たちを見廻した。

「古い常連さんしかご存じでないと思いますが、滔々《とうとう》とまくし立てられた桝屋さんは、わたしが将棋会所を開いた当初からの常連さんです。そのときの渾名がなんと無口さん。……今どなたか『まさか』とおっしゃいましたが、まさにその『まさか』だったのです。信じようと信じまいと、いいですかみなさん」

こうなってしまえばあれこれ言っても仕方がないと、信吾は肚《はら》を括《くく》った。だったら自分もいっしょになって、楽しむしかないではないか。なにしろ、娘がこの世に生を享《う》けたのだから。席亭として羽目は外せないが、その直前までであれば恕《ゆる》されるだろう。

「あの当時は桝屋さんにあれこれ話し掛けても、満足に答えてもらえませんでした。それぱかりか会所に来られてからお帰りになるまで、ひと言も喋らない日さえあったのです」

「まさかーッ」

だれが言ったかわからないが、その言葉で爆笑が起きた。

「わたしは江戸で一番の正直席亭として、評判を取っております」

「それは知らなかった。初耳です」

だれかが言ったが、信吾は無視して続けた。

「なにを言われてもうなずくか首を振る、桝屋さんはそれだけで一日を終えられたことが、何度もあったのです。うなずけばそうだということですね。同意を意味します。首を振ればその逆で、反対とかちがうとの気持を示しています。ふしぎなことに、ほとんどはそれだけで通じるのです。先ほど桝屋さんは随分と喋られましたが、おそらく無口なころの反動ではないでしょうか」

「その無口なてまえが申すのもなんですが」

桝屋は並べられた料理の皿や、酒徳利を指し示した。

「席亭さんに娘さんが生まれたので、倅《せがれ》がお世話になっているご常連のみなさまでお召しあがりくださいと、ご実家の宮戸屋さんから届けられた品です。それらをほったらかして、無口だお喋りだのと述べることは、宮戸屋さんのせっかくの好意を無にすることになりませんか」

巌哲和尚がおなじようなことを言っていたのを信吾は思い出したが、こういうときの決まり文句ということである。

「そうだそうだ」

合いの手を受けて桝屋は続けた。

「しかもそろそろ弁天山の時の鐘が、正午を告げるという時刻です。いただくとしましょう」

「無口さんのおっしゃるとおり」

「ではお料理とお酒をいただきながら、親馬鹿となられたばかりの席亭さんに、親馬鹿振りをたっぷりと見せていただこうではありませんか」

甚兵衛がそう言うと、それまでにやにやと笑いながら見ていた島造が、粘っこい目で信吾を見た。

「先手先手と常に先々を読まれる席亭さんですから、とっくに娘さんの名前は決められているでしょうね」

「いえ、子供の名は指し手のようにはまいりませんね。悩みに悩んでおります」

「やはり、将棋絡みの名前をお考えで」

こういうときに、とても七五三を持ち出せる訳がない。身内や特に親しい友人知人ならともかく、波乃に話した名付けに至る経緯や、数字の組みあわせのことを、将棋客、それもねちっこい島造にはとても話す気になれなかった。

島造が絡み付いてきそうになったので、信吾はその場の全員に語り掛けた。

「実はご存じの方もいらっしゃるかもしれませんが、わたしは将棋会所のほかに相談屋をやっております。多くの方の悩みごとの相談に心を砕いておるのですが、今回ばかりはお手上げです。どなたか名前のことでいい相談屋をご存じでしたら、ぜひ紹介していただきたく……」

すると何人もから一斉に声を掛けられ、信吾はなにがなにだか訳がわからなくなってしまった。おめでとうございますと次々と酒を注がれ、呑めないものですからと言い訳しつつ、それでも信吾は普段よりは呑んでしまったのである。

その辺りで信吾の記憶は途絶えてしまった。

晩飯を作りに来た峰は、それでも律義に二人分を作った。しかし信吾が起きそうにないので、常吉に二人分を食べるように言ったそうだ。「だってそんなこと、できる訳がありませんよ」と言いはしたが、常吉の体は簡単に本人の口を裏切ったようだ。

十

嘔吐《もどし》こそしなかったが、起きたとき信吾はすっかり二日酔いを呈していた。すると頭を過《よぎ》ったのは巌哲和尚の言葉である。

「酔いなんぞは汗と共に流せば消える。どんなひどい酔いであろうとな」

信吾は跳び起きると木刀を手に庭に出たが、真っ直ぐ歩くことさえできなかった。それでも苦しいのは最初のうちだけだと自分に言い聞かせ、ふらつきながらも木刀を振った。振って振って振り続けたのだ。

梅雨どきということもあって、たちまち全身が汗にまみれてしまう。やがて目にも流れこんで痛くなったが、信吾はかまわず続けた。

棒術の鍛錬をするため将棋会所の庭に出た常吉が信吾に気付き、柴折戸を押して母屋の庭に入って来た。

「おはようございます。でも師匠、大丈夫ですか」

「なにがだ」

そこで信吾は前夜、娘の生まれた祝いだからとむりに呑まされてからの、その後の経緯を常吉に教えられたのである。

　なんとか呑まないようにしていたが、やはりそれではすまなかったのだ。なんやかやと理由を付けて呑まされ、意識が朦朧《もうろう》とし、とうとう耐えられずに横になって鼾《いびき》を掻き出したらしい。朦朧とし始めたくらいまでの記憶はあったが、鼾については信吾はまるで憶えていなかった。

「それもひどい鼾で、甚兵衛さんがさすがだと感心していましたよ」

「なんでだ。鼾なんぞに感心する人がいる訳がない」

　すると常吉は首を振ったのである。

「なにごとにも秀でた人の鼾は、かくも高いものかって言ってました。ところで秀でたって、どういう意味ですか」

　抜きん出た、非常に優れたという意味だが、それを教えると自慢たらしくなってしまう。答えられないでいると常吉が言った。

「ものすごい、飛び抜けているってことでしょう」

「知っているのか」

「勘ですけど。甚兵衛さんが言うのだから、将棋がめちゃくちゃに強いってことじゃないですか」

「稽古をしたくないため無駄口を叩いているなら、師匠としては罰せねばならぬな」

「そんなんじゃありませんたら」

常吉はあわて気味に、棒術の基本動作の打つ、突く、払うを始めた。普段の倍の回数の素振りをやったため、猛烈な汗となって下帯までびっしょり濡れてしまった。それでも止めずに、信吾は三倍の回数を振り抜いたのである。さすがにふらふらになった。

庭に大盥《おおだらい》を出して手桶《ておけ》で水を満たす。裸になって何度も水を被り、手拭で拭いたが、いくら拭いても汗が流れ出た。

大盥の水を捨ててから再び満たし、水を被っては拭き取るを三度も繰り返して、ようやく汗は治まった。

「なんとか汗を洗い流した。もう一度汗を掻いてはたまらんから、今日の柔術の組み手はやめだ。そのかわり明日たっぷりと、いつもの倍やるとしよう。それにしても師匠はすごいな」

「いやですよ、自慢しちゃ」

常吉は信吾のことだと思ったらしい。

「馬鹿。おれの師匠のことだよ」

常吉は信吾を護身術のときは師匠、将棋のときは席亭さん、母屋では旦那さまと呼んだ。信吾は自分を、護身術のときは「おれ」、将棋では「わたし」と区別している。

「おれの武術の師匠の厳哲和尚はこうおっしゃった。酔いなんぞは汗と共に流せば消える、となる。まさに師匠のおっしゃったとおりだ。汗と共に酔いを流してすっきりした。常吉も憶えておいたほうがいい、と言っても二日酔いはまだまだ先のことだな」

「おいら、じゃなかった、てまえはですね、二日酔いなんかになりません」

「なりませんと言ったって、昨夜《ゆうべ》のおれのように寄ってたかって呑まされたら、二日酔いになるしかないさ」

「あの苦しくてたまんないという歪んだ顔と、ものすごい高鼾を思い出したら、とても呑む気になんかなれませんよ」

「初めて人が二日酔いで苦しむのを見たときは、酒は呑むまいと決心する。だがだれもその決意を守れんのだよ」

なにか忘れものをしている気がしてならなかったが、毎朝やっている鎖双棍のブン廻しをしていなかったのである。頭の上で円を描いて振り廻し、速度を変えながら鎖の繋《つな》ぎ目《め》を見極める鍛錬であった。

どう考えてもできそうになかったので、信吾はその日は素振りだけに留めた。

将棋会所への人の集まりは、いつもよりかなり遅かった。遅かっただけでなく、目が赤かったり、むくんだ顔をした者が多い。

「いやあ、久し振りの二日酔いですよ」

「昼間の酒は廻りが早い上に、やけに長引きますなあ」

「安酒で二日酔いになると頭にガンガンきますが、さすが宮戸屋さんが取り寄せる下り酒です。ひどく酔いはしましたが、頭は痛くありませんからね」

「席亭さんは昨日が昨日ですから、悪酔いしていたら対局を挑もうと思っていたのですがね。てまえよりすっきりなさってる。一体どういうことですか」

「どうと言われても困りますが、やはり若さということではないでしょうか」

信吾がすまし顔で言ったので、相手は大袈裟に肩をすくめた。

「将棋だけでなく、口でも席亭さんには勝てません」

汗を流し切って起床時に較べればすっきりしているものの、それでも信吾は体がだるくて頭はぼんやりしていた。しかしほかの者は、信吾に較べるとずっとひどいようだ。

相談客はなく、外部からの対局希望者もいなかった。常連客からの対局申しこみもない。

対局がいつの間にか雑談になったり、空いた場所で大の字になって寝る者もいた。将棋会所「駒形」としては初めてのことだが、空気のたるみ切った一日となってしまったのである。

中途半端な一日が終わって客たちが帰ると、ほどなく峰が食事の準備にやって来た。

今日は料理を教えてもらうのはとてもむりだろう。

「峰さん、わたしには胡瓜《きゅうり》の酢揉みとか、冷《ひ》や奴《やっこ》くらいにしてもらえませんか。昨日、将棋会所のお客さんに散々飲まされて二日酔いなんですよ」

「だったら仕方ないわね」

「その代わり常吉には、おいしいものを鱈腹《たらふく》食べさせてやってください」

峰と遣り取りしていると、常吉がしきりと信吾の脇腹を突《つつ》く。それに峰が気付いたが、信吾は知らん顔を通した。

「なんだね、常吉つぁん。言いたいことがあんのじゃないの」

「腹が減ったので、早く作ってくれと言いたいんでしょう」

「旦那さま。峰さんに隠しごとをしちゃ、駄目じゃないですか」

それだけで峰にはわかったようだ。

「隠し事となると、生まれたのかい。生まれたんだね、信吾さん」

「峰さんは勘が鋭いなあ」

「どっちだった。えッ、男かい、女かい」

「女の子で、二人とも元気です」

「生まれたのは昨日だね。それで将棋会所のお客さんに呑まされて、二日酔いってことだろ。そうじゃないかとは思っていたんだよ。子供の生まれたおめでただったら、真っ先に言わなきゃ」

「いや、隠す気はなかったのですが、子供が生まれたのに酔っぱらってみっともないし、照れくさくて峰さんにはつい言いそびれて」

「照れる齢でもないだろう。それにしても水臭いじゃないか、信吾さん」

背中をいやというほどどやされてしまった。

食事を終えると、疲れてはいても信吾は赤子と波乃の顔が見たくなった。いや疲れ切ってなにもする気になれないだけに、子供の顔を見れば疲れなんぞ吹っ飛ぶにちがいないという気がしたのだ。

出掛けるために着替えようと思った矢先に、庭に数人の足音がした。こういう間の悪さとなると決まっている。

「よかった。キューちゃん、いたんだ」

案の定、竹輪の友の面々で、第一声は完太のゆったりした声であった。見れば寿三郎と鶴吉は、おおきな鉢を入れた網籠を提げている。雑多な煮物の匂いがするのは、そこから漂い出ているのだ。

「鶴吉が教えてくれたが、女の子だってな。おめでとう」

寿三郎の祝いの言葉を鶴吉が引き継いだ。

「すぐにお祝いに駆け付けなきゃと思ったんだが、昨日はどうしても全員が揃わなくてな。だって竹輪の友だもの、一人欠けるだけで完全じゃなくなるだろう」

「そんな気を遣わなくたっていいんだよ。竹輪の友は一人一人が完璧なんだから、全員が揃わなくたってなにも」

「信吾は相談屋だけあって、言葉が実に巧みだな」

言いながら寿三郎が沓脱石から座敷にあがると、完太と鶴吉が続いた。

「祝い酒を呑もうと思ったんだが、信吾は宮戸屋の息子だから、酒の心配はしないでくれといつも言ってるだろう。だから酒はよして、角の煮物屋でおでんを買って来た」

完太がそう言ったが、するとおおきな二つの鉢にはおでんが入れられていることになる。器はだれかが帰りに返すのだろう。

「信吾は坐ってればいいよ」と、鶴吉が言った。「娘さんが生まれたお祝いだからな。なにもかもおれたちに任せておくれ。勝手知ったる他人のわが家だから」

「酒はいつものところだな。蒸し暑いので燗は付けないほうがいいだろう。ぐい呑みが四つに取り皿が四枚、箸が四人分。それから練り辛子、と。いけねえ、蚊がいるぜ」

寿三郎がまるで自分の家にでもいるように次々と決めてゆくので、信吾もじっとしてはいられなかった。

「蚊遣りはおれが用意するよ」

土間に置かれた土器の大皿に杉の青葉を盛りあげて、その下に付け木の火を移した木片を差しこんだ。ほどなく青白い煙が立ち昇る。

飲食の用意が整ったので、言ったところで意味がないと思ったが、信吾は言うだけは言っておこうと思った。

「昨日は昼間っから、将棋会所の客たちに祝い酒を呑まされてな。ひどい二日酔いに苦しめられ、夕方になってやっと治まったところなんだ」

「わかっているって。むりして呑むことはないからな」と言ってから、寿三郎は念を押した。「しかし祝盃だから、最初の一杯くらいは我慢して呑めよな。いいだろ、信吾」

「せっかく竹輪の友が祝ってくれるんだから、一杯だけなら、自分を騙《だま》して呑むよ」

信吾がそう言うと、寿三郎はしたり顔になった。

「それが迎え酒になって、けっこう呑めるかもしれないぜ」

鶴吉が四人の器に酒を注ぎ終わると、全員がそれを手に取った。

「ほんじゃ信吾、娘さんの誕生おめでとう」

完太の音頭に三人が唱和した。

「おめでとう」

「ありがとう。持つべきものは友だな」

礼を言ってぐい呑みに唇を触れたが、信吾は呑まずに下に置いた。

「しかし考えてみると、いや考えるまでもないが、いつも、なんでも、かならず信吾が

「一番だな」

　寿三郎がそう言うと、長身の完太は腕を組んで考え、ずんぐりむっくりの鶴吉は天井を睨んだ。

「生涯独身《ひとりみ》で通すかもしれんと言いながら、一番先に嫁さんをもらったし」

二番目に嫁取りをした完太の言葉に、鶴吉に先を越された寿三郎が言った。

「となると、子供を作ったのが一番ってのは仕方がないわな」

「筆おろしも信吾だったはずだ」

「酒は弱いのに最初に呑んだのは信吾だぜ」

「だれか、信吾より早かったやつはいないか。なんでもいいけど、おれのほうが早かったってのはないか」

「ある。あるのだ」

あまりにもきっぱり言い切ったので、寿三郎は意外だという顔を隠そうともしなかった。

「鶴吉じゃないか。一体なんだ。もしかしたら富士山に登ったとか」

「それはない。江戸を出たのは、成田山新勝寺《なりたさんしんしょうじ》にお詣《まい》りしたときだけだからな」

「鶴吉に負けたよ」と、信吾が言った。「おれ、武蔵野《むさしの》辺りまでは行ったけど、成田さんとか身延山《みのぶさん》へのお詣りはしてないんだ」

「信吾だけじゃなくて、おれは全員に勝ってるよ」と、鶴吉は鼻の穴を膨らませた。

「と言うか、ほかの三人はだれもやったことがないはずだからな」

「全員にとは、話が次第におおきくなってきたが、これでちがっていたら引っこみがつかないぞ」

「質屋通い。これだけだな、おれがただ一つみんなに負けないと自慢できるのは」

爆笑になった。

つい手が伸びて信吾はぐい呑みを摑んでいた。いっしょになって笑いながらひと呑みすると、「おやッ」と思うほど意外な気がした。二日酔いの迎え酒というが、なんとも咽喉越しが心地よいのである。

あまりにも他愛無かったが、幼馴染《おさななじみ》との馬鹿げた話が信吾にはなんとも心地よい。咽喉越しの心地よさと、馬鹿話の心地よさが、無性に心地よく、信吾の手はついついぐい呑みに伸びたのであった。

十一

普段より多く呑んだはずだし、しかも前日はひどい二日酔いであったのに、翌朝、信吾は心地よく目醒めることができた。

もしかすると、ちょっとしたなにかがきっかけとなって、酒を呑める体になったのかもしれないと思ったほどである。幼馴染の三人と馬鹿話をしながらはしゃいだので、心にも体にも籠ることがなく、すっかり発散できたから酔いが残らなかったにちがいない。

朝の鎖双棍のブン廻しでは、かなり回転速度を速くしても、鎖の繋ぎ目がはっきりと見えた。なにからなにまで調子がいいのは、子供の誕生が心身に刺激を与えているからかもしれないと、そんな気がしたほどだ。となると、どうしても娘の顔が見たくなった。

昨夜は竹輪の友の三人が来たので春秋堂に行けなかったが、今日はなんとしても波乃と娘の顔がみたい。いや絶対に見ずにおくものかと、妙に力んでしまったほどだ。

五日は手習所が休みで、子供客が集まる日であった。信吾と波乃に女児が生まれたと知って、子供たちはおおはしゃぎである。

そして五ツ半となった。

「みなさんおはようございます。信吾先生おはようございます。常吉さんおはよう」

ハツの弾んだ声がするなり、紋が戸口に駆け寄った。ハツは祖父の平兵衛《へいべえ》と本所《ほんじょ》から通っているので、どうしても五ツ半となってしまう。

「ハツさん、たいへん。信吾先生に女の子が生まれたの」

「本当。よかったね。ね、いついついつ」

「三日の朝の七ツ半だって」

「信吾先生、おめでとうございます」

「ありがとう、ハツさん。元気そうなので安心したよ」

となると休んでいた理由は平兵衛ということになるが、笑顔でお辞儀をしたものの、疲れたふうで弱々しかった。肌は生気がなく白く粉を吹いたようで、唇は乾いていた。

「平兵衛さん。心配していましたが、お元気になられてよかったです」

四月末から二人は休んでいた。平兵衛が体調を崩して休むことはこれまでにもあったが、五日も六日も休んだのは初めてである。

「寄る年波には勝てません。ハツがよく面倒を見てくれましたので、なんとか良くなりました」

「将棋好きは、指していたら元気でいられますから」

「そうありたいものです」

平兵衛は孫娘に目をやったが、そのハツは溌剌《はつらつ》としている。

「波乃さんと赤ちゃんはお元気ですか先生」

「ありがとう。元気だよ。実家に帰って産んだから、黒船町にもどるのは半月くらい先になるだろうな」

「早く波乃さんのお琴を聴きたいわ」

「そう言っておくよ」

大人客の手前もあるので、私語は控えねばならない。ハツにもそれはわかっているようで、お辞儀をすると子供客のいる板の間へと移った。紋がハツに付《つ》き纏《まと》う。

常吉の姿が見えないと思うと、客たちに出す茶を淹れているのだとわかった。朝の四ツ前後と、昼の八ツから八ツ半ごろには茶を出すことになっている。

茶を出し終えた常吉が、最後に信吾のまえに湯呑茶碗を置いた。

「うれしそうな顔をしてると思ったら」と、信吾は声を潜めて言った。「ハツさんが来たからだな」

「ちがいますよ。そんなんじゃありません」

「子供が生まれるまでは、常吉には余分な仕事までやってもらった」

「いえ、席亭さんのたいへんさに較べましたら、てまえの働きなど」

「うーん、感心だ。だが波乃と赤ん坊がもどっても、しばらくは今まで通り、いや、それ以上に働いてもらわねばならんだろう。となると、そのままにはしておけんな」

それだけでわかったらしく、常吉は顔を輝かせた。

「波の上ですね」

随分以前になるが、労《ねぎら》うために奮発して鰻重《うなじゅう》の中を取ってやったことがある。上中並の中は並の上なので洒落《しゃれ》て「波の上」と言うと教えた。それ以来、なにか頼んでいいと言うと、かならず「だったら波の上」と言うようになっていた。

それがおもしろいので、番犬の名前を「波の上」としたほどである。

「よし、今日の昼は久し振りに波の上にしていいぞ。わたしの分も忘れるなよ」

常吉が忘れる訳がない。


春秋堂を訪れた信吾が波乃の居室に通されると、延べられた蒲団に娘と頭を並べていたが、眠ってはいなかった。

「どうだ、調子は」

「あたしは順調ですけど、驚かないでくださいね、信吾さん」

言われた意味がわからないまま、膝を突いてから正座しかけた信吾は、思わず顔を強張らせた。まだ波乃にしか言っていないが、七五三と名付けることになっている娘の、顔だけでなく見えている皮膚が黄色というか、赤みを帯びた黄色になっていたからだ。

仰天するほど驚いた信吾に、なんと波乃が笑い掛けたのである。

「驚いたでしょう」

悪戯《いたずら》っぽい目で見ながら、波乃は楽しくてならないというふうである。

「驚いたでしょうって、波乃はなんともなかったのか」

「なんともありませんでしたよ」と、波乃はすまし顔で言う。「姉さんからもお伝さんからも、驚くわよって言われていましたから。でも正直なところ驚いちゃいました。だって本当に段々と黄色くなってゆくんですもの。今が一番ひどいから、信吾さんがびっくりされたのはむりもないですね」

信吾は思わず溜息《ためいき》を吐《つ》いた。

「生まれてから間もなくは、みんなこうなるんですって。赤ちゃんによって幅はあるそうだけど、三、四日から八日ほどで肌色にもどるそうです」

「だったらいいけど、とんでもない大病に罹《かか》ったのかと思ったよ。それにしては波乃が平気な顔をしてるから、変だなとは思ったけれどね」

「言われていたあたしだって、不安になったくらいだもの。なにも知らないで、赤ちゃんの柔肌が黄色く変わって行くのを見たら、どうにもたまらないでしょうね」

「花江姉さんとお伝さんがすぐ傍《そば》にいて、本当に良かったよ」

「ともかく、赤ちゃんのことでは驚かされることばかり」と言ってから、波乃はくすりと笑った。「信吾さんにあれを見せたかったな。言われてはいたんですけど、まさかと思いましたから」

「ほかにもなにかあるのか。一体なにに驚いたんだ」

「できれば見てもらいたかったわ」

「というと、もうないのか。あるいはなくなったのだな」

「形を変え、じゃなかった。形はほとんどおなじだけど、色が変わってしまったから」

「気を持たせないでくれよ」

「うんちなの」

「うんちって、あの」

「うんちにあれもこれもないけど、そのうんち。うんこがね、最初のはほとんど真っ黒だった」

「まさかと思ったけど、そんなことで波乃が嘘を吐くとは思えない。なにも知らないからって、わたしをからかったりもしないよな」

「まだなにも食べてる訳ではないし、おっぱいも飲んでいないでしょ。それなのに黒いうんこが出たのですからね。教えられていても、胸がドキンとなりましたよ。胎便と言うらしいけど、赤ちゃんがお腹の中で育つとき、母親から、てことはあたしから、臍《へそ》の緒《お》を通していろんなものを受け取るでしょう。それが血や肉や骨になってゆくのだけど、受け渡しが終わって要らなくなったものが少しずつ集まったものらしいのね。それをまとめて、生まれてからうんちとして出すのだわ。人の体って本当によくできてますね。二、三日をすぎるとうんちの色は次第に薄くなって、おっぱいを呑み始めると、黄色くなるんですって」

　信吾にすれば「あ、そう」とか「ふうん」と合いの手を入れるしかない。

「うんちが黄色くなると、酸っぱいにおいがするらしいの。この子も、そろそろ酸っぱいにおいになると思うわ」

「信吾さん、いらっしゃい」

声を掛けて部屋に入って来たのは、元太郎を抱いた花江であった。

「お世話になります。義姉さん」

「聞こえたわよ、波乃。だけどおおきな声でうんちだうんこだと言っても、少しも汚い気がしないのは赤ちゃんのうんちだけね。これが犬猫や人の大人の」

「姉さん。そこまで。やだ、すぐに調子に乗るんだから」

「わかっているわよ。だからぴたっと止めたじゃない。あら、信吾さん。なにがそんなにおかしいの」

「いや、女姉妹は意外と強烈なんだなあと思いましてね。感心しましたよ。わたしんとこは男兄弟ですが、とてもそこまで際どい話はしませんからね」

「あら、信吾さんがいらっしゃるから波乃は控え目に話している、とばかりあたしは思っていましたけれど」

「姉さん。誤解されるようなことを言わないでくださいね。信吾さんは冗談を言いますけど、弟の正吾さんはまじめな方ですから」

「正吾さんと言えば、恵美さんといっしょにお祝いに来てくれましたよ。それからご両親も祖母さまも。皆さん、とても喜んでくださって。くれぐれもよろしくお伝えください」

「はい。本当にうれしいんだと思います。初孫に初曽孫、初姪《めい》っ子《こ》ですから。客商売は特に初が付くとうれしいようでしてね。あッ、初で思い出したけど」と、信吾は波乃に言った。「久し振りにハッさんが来てね。平兵衛さんの具合が良くなかったらしくて、四月の末から休んでいたんだ」

「ハッさんは将棋会所のご常連なの。女チビ名人って呼ばれてるくらい強いんですって」

波乃が花江に説明した。

「そのハッさんが、波乃の琴を早く聴きたいと言っていたよ」

「だったら波乃、しっかり体をもどさなくてはね」

「体をもどすって」

信吾の問いに答えたのは花江であった。

「このまえ母が、産後の肥立ちのことを話しましたでしょう」

「いつでも休めるよう。お産から二十日は床上げをしないと」

「お産は体にとてもむりを強いますから、腰の骨が開いてしまうそうなんです」

「そうなんですか」

姉が露骨な話をするのではないかと、波乃は気が気でないようすであった。ところが花江の「そうなんです」に、信吾の「そうなんですか」との間の抜けた受けが続いたので噴き出してしまった。しかし花江も信吾も、それには気付きもしなかったようである。

「開いた腰の骨は一度にはもとにもどらなくて、右が少し、次に左が少し、そして右というふうに、全体が元どおりになるには、かなりの日にちが掛かるそうです。だから安静にしなくちゃならないし、二十日は床上げしないのでしょう」

「何事もそうでしょうが、むりはできないということですね」

「赤ちゃんを脇に寝かせて、なるべく横になるようにするのはそのためなのね。おっぱいも横になったまま飲ませたほうがいいんですって。すると体がもとにもどるころには、母と子にしっかりとした絆《きずな》が生まれますから」

「そういうことを丁寧に、親切に教えていただけるので、波乃は安心していられるのですね。わたしも随分と気が楽になりました」

「だから次は信吾さんと波乃が、正吾さんと恵美さんに教えてくださいね。そういうふうに、次々と伝えていくものだと思いますよ、こういうことは」

自分が姉だからと構えすぎるところがあったのかもしれないが、信吾は花江をなんとなくではあるが苦手としていたような気がする。ところがこの日の短い遣り取りで、苦手意識は消えていた。

気が付くと波乃は眠りに落ちていたが、なんとも安らかな寝顔であった。そして黄色くはあるが、わずか二日で赤ん坊の鼻は少しだが高くなり、耳も拡がりを見せて頭に密着してはいなかった。二日でここまで赤ん坊らしくなったとなると、これからの日々が楽しみでならない。もしかすればこれが親馬鹿の始まりかな、と思わぬでもなかったが。

信吾はご主人の滝次郎さんと、ご両親によろしくお伝えくださいと花江に頼み、春秋堂をあとにしたのである。

黒船町への帰りを急いでいた信吾は、「あッ」とちいさな声を出して立ち止った。伝言箱の下に捨てられていた幸吉《こうきち》を信吾と波乃は育て、場合によっては養子にしてもいいと考えていた。その幸吉を見て、祖母の咲江は生まれて十日ほどで半月にはならないと言ったのである。お伝さんとは日にちがちがうが、こんなふうに言明した。

「赤ん坊は生まれて二日か三日で白目、目の白いところが黄色くなるんだよ。肌も次第に黄色くなって四、五日が山で、七日から十日で肌色にもどるのさ。だから気にすることはないの」

それが頭からすっかり抜けてしまうほど、生まれたばかりの娘の赤黄色い肌は、信吾に衝撃を与えたのであった。波乃にしてもおなじだったはずだ。

十二

波乃のことでは、信吾は随分と驚かされることになった。阿部川町の実家での出産と療養を経て黒船町にもどったとき、二人の生活が、ある面に関しては波乃を中心に廻っていたことが、よくわかったからである。

五月三日の早朝に女児を出産した波乃にヨネは、「床上げ二十日」と言われているくらいだから、二十三日までは春秋堂に留まるようにと言った。昨秋元太郎を産んだ花江がいれば、産婆のお伝さんもすぐ近くに住んでいるので心強い。なにかあっても安心だとの理由からだろう。

波乃は安静を心掛けたし、起きあがるときもお伝さんに言われたことを忠実に守った。俯《うつぶ》せの状態から両腕の肘で支えながら上体を起こし、両膝を揃えて腰をうしろへと引くと、背骨を積みあげる気分でゆっくりと上体を起こしてゆく。すでに両膝は揃えているので、そこに両拳を置くと背筋を伸ばして正座するのである。

なるべく半刻、少なくとも四半刻はその姿勢を保つのだ。上を向いて横臥《おうが》し、安静にしているときに開いていた腰骨は次第にもとにもどってきている。両膝に手を置いて正座することにより、腰はさらに安定するとのことであった。

何十人もの、いや百人を超えているだろう妊産婦の面倒を見てきたからには、お伝の言うことには根拠があるはずなので、波乃は忠実に従うことにした。お蔭で出産の十日後には、波乃には体がすっかり元にもどった自信があった。だから黒船町に帰りたいと、何度もヨネに訴えたのである。ヨネは慎重に事を運ぼうとしたが、波乃が執拗《しつよう》と言っていいほど訴えるので、お伝さんが良いと言えばということで折れるしかなかったようだ。

俯せから上体を起こす動作と正座までの手順をやらせ、立ったり坐ったりの動作を交えながら念入りに見たお伝は、完璧だと太鼓判を捺《お》した。

「だれもが波乃さんほどすなおだと、早く楽になれるんだがね」と言ってから、お伝は真顔になった。「産後の肥立ちがいかに大切かって話をするとき、波乃さんのことを話してもいいかね」

「あら、どういうことでしょう」

「あたしが言っても、ちゃんと守る人は案外と少ないのさ。俯せから正座までの動きだけど、いい加減にやる人が多くてね。でなきゃ続けないで、いつの間にかやめてしまうのさ。それなのにあとから、あそこが痛いの、急に太りだしたの、なんのかんのと訴えんのよ」

「そうなんですか。たくさんの人を見てきたからこそ、そのようにおっしゃるのだと思ってやってきましたけど」

「浅草阿部川町の楽器商『春秋堂』の次女波乃さんは、あたしの言ったことを守ったから治るのが早かったと、例に出せば信じる人は多いはずなんだ。あたしがただ、ああして、こうしてと言うより遥かにね」

波乃とヨネは思わず顔を見あわせた。

「町名から見世の名まで出せば、迷惑だろうとは思うけど」

気恥ずかしくはあるが、それで多くの人が悩まなくてすむならと波乃は思った。相談屋の思いに通じることでもあるが、母には楽器商の女将としての、母なりの考えがあるかもしれない。

「波乃はどうなの」

「お母さんは」

母娘《おやこ》は同時に問い掛け、「あたしはいいのだけど」と、これまた同時に答えていた。

「ああ、よかった」と、すかさずお伝は言った。「これで苦しまずにすむ人が増えるだろうよ。だったら波乃さん、明日にでも黒船町に帰って大丈夫だよ」

「やはり駕籠で帰るほうが安心ですよね」

心配性ではないだろうが、ヨネは母親として細かなことにも気を配る。だがお伝は軽く流した。

「黒船町までなら十町ほどだから、歩いたって問題はないよ」

ということで波乃は、お産の十二日後の十五日には黒船町にもどれたのである。朝食後にひと休みしてから、信吾に付き添われて波乃は春秋堂を出た。

ヨネは駕籠こそ呼ばなかったが、女中のモトを世話係として付けたのであった。その日の昼夜と翌朝の食事などの面倒を見るためである。なにかあった場合の、連絡係の意味もあったのだろう。

将棋会所の客たちにも心配を掛けたので、挨拶だけはしておくことにした。赤ん坊を抱いた波乃と、波乃の荷物を分け持った信吾とモトは庭から廻った。

障子を開け放ってあるので、すぐに客たちが気付いた。

「もどられましたね。お疲れさまでした」

「元気な女のお子が無事お生まれとのことで、本当によかったですよ」

「みなさまにはご心配をお掛けしましたが、産婆さんがもう大丈夫だとのことで」

「いやあ、よかったです」「おお、美人だ」「だって眠ってるだろ」「眠っていてこれだからね」などと、あとはもうだれがなにを言っているのかわからなくなってしまった。

十五日は手習所が休みで、子供客が集まる日である。バラバラと板の間から飛び出した子供たちが、下駄や草履を突っ掛けると、波乃の周りに集まった。波乃がしゃがみこんで、子供たちに赤ん坊の顔を見せた。男児よりハツや紋の女児のほうが、遥かに関心が強いようだ。

「名前は決まりましたか」

ハッに訊かれたが、七五三だと言えばなぜ付けたのか訊かれるのがわかっている。波乃の代わりに信吾が答えた。

「いい名前にしようと、一所懸命考えているところだよ」

ところがそれからは、「金太郎《きんたろう》がいいと思う」「女の子なのに金太郎は変だよ」「だって、赤い顔してるもん」「どっちに似てるのかなあ」「この子、大物だよ。こんなに騒いでるのに、知らん顔して寝てるもの」などと、だれが言っているのかわからなくなってしまったのである。

「はいはい。その辺にしときなさい」と、会所の家主でもある甚兵衛が言った。「波乃さんも赤ちゃんも疲れているからね。休ませてあげよう。これからはいつでも見られるのだから、むりを言わないことだよ。席亭さん、どうかごゆっくりと休んでください。お疲れでしょうから」

甚兵衛がそう言ったので、赤ん坊の顔を見に集まっていた大人も子供も、ようやく将棋にもどった。

信吾がある面で波乃を中心に廻っていると感じた出来事が、早くも女児を抱いて借家にもどった日の午後に起きた。

「波乃も赤さんも元気だって聞いて、あたしゃ安心したよ」

「ムメさん」

「じゃなくて、ムメ義姉さんだろ」

「ムメ義姉さん。幸吉も」

波乃がムメを義姉さんと呼んだのでさすがにモトは驚いたようだが、それでも表情に出すことはなかった。

捨て子の幸吉を、信吾と波乃は自分たちの養子にするつもりでいた。ところが生まれて十日で息子を亡くしたムメと鉄五郎《てつごろう》に懇願されて、悩んだ末に任せることにしたのである。

すぐ南の三好町《みよしちょう》に住んでいるムメは、それからは三日にあげず幸吉を抱いて姿を見せていた。ところが波乃が春秋堂に身を寄せると、ふつりと姿をみせなくなった。それなのに波乃がもどるのを知っていたように、やって来たのはなんとも信吾には驚きでしかない。

「赤さんの顔を拝みたかったからね」

赤子用の敷物で眠っている七五三を、ムメはまじまじと見た。

「さすがだわ。美人なだけでなくて、品があるものね」

「よしてくださいな、ムメさん。お世辞なんか言いっこなしですよ」

「ああ、顔を見たんでほっとした。今日は用があるから、今度ゆっくり寄せてもらうよ。

でも本当によかったね、波乃」

幸吉を抱いたムメが帰ると、なんと入れ替わるようにアキたちがやって来た。

「みんなにもらった水天宮さんのお守りのお蔭で、お産が軽くて助かったわ。本当にありがとう」

まず礼を言うと、波乃は寝かされた赤ん坊の枕上にうながした。畳に両手を突いた三人は、ムメに負けぬほどまじまじと赤ん坊に見入っていた。

波乃が並木町の扇屋伊勢《おうぎやいせ》の七種煎餅《ななくさせんべい》を盛った盆を畳に置くと、子供たちはようやく顔をあげた。急須から湯呑茶碗に注いだ茶を銘々のまえに置いたとき、アキが三人を代表するように訊いた。

「波乃姉さんと赤ちゃんは、いつこちらに帰ったんですか」

「今日のお昼まえでした」

「ほらご覧よ、あたしは今日だと言ってただろ」と、アキが自慢たらしく言った。「長男は早くて十八日、むつは二十日と言い張ったんだから」

先日、信吾が話したことをもとに、波乃がいつ阿部川町からもどるかをそれぞれが予想して、アキが的中したということのようだ。

「あの、いいですか」と、長男が自信なさそうに言った。「男の子ですか女の子ですか」

「見ただけではわからないでしょうけど、女の子なの」

「ほれ、女の子でしょ。これもあたしの言ったとおりじゃない」

アキはますます鼻たかだかである。

「波乃姉さん、この子の名前は決まったの」

モトがいることもあって、波乃は「ふふふ」と含み笑いをしただけであった。

「生まれたばかりの赤ん坊って初めて見るけど、本当に真っ赤だね」

むつの驚き声に長男が兄貴面で言った。

「だから赤ん坊ってんじゃないか」

「二人とも静かにしないと、赤ちゃんが目を醒ますわよ」

アキがそう言うと、三人は両手両膝を突いていつまでも赤ん坊を見ている。この三人は一日にやって来たが、信吾に阿部川町の家で産むことになったと言われ、それからは一度も来ていなかった。

三人の関心は波乃と赤ん坊にしかないらしく、信吾にはだれも話し掛けようとしない。いつもどるか、男か女かにしか関心がなかったのだろうから、むりもない話であった。

ムメとおなじようにアキたち三人も、波乃の魅力に惹《ひ》かれてやって来たのがわかる。

ところがそれに追い討ちを掛けたのが、源八《げんぱち》とスミであった。女髪結のスミは源八に惚《ほ》れて十代から面倒を見ていたが、源八三十、スミ三十五という高齢で身籠った。

源八は発心して働くことにしたが、奉公経験のない三十男を雇うところなどない。ところが将棋会所の常連平吉の必死な執り成しで、兄の笠《かさ》と傘の見世で働けることになった。それもあって源八は、生まれた息子に平八《へいはち》と名を付けた。

平八を抱いたスミと源八は、正月明けに将棋会所に姿を見せてかつての仲間を喜ばせた。腕のいいスミは女髪結に復帰し、源八は今では兄の見世の番頭である。信吾は時間を調整できるが、源八とスミは仕事もあって簡単にはいかないだろう。

であるのに、なんと二人がその夜やって来たのである。こちらは波乃が作った繋がりではなく、信吾を通じてであった。しかし滅多に会えないのに、まるで昔からの知りあいのように親しくなっていた。

信吾は仕事や交友関係で自分の場を作ったが、波乃といっしょになったことでその輪が大きくなり、場が広がったのである。七五三が加わったことで、さらに輪はおおきくなることだろう。

改めて娘を見直すと、ちいさいながら生気に満ち溢れて、神々しくさえ感じられた。

羽化のとき

一

弟の正吾が黒船町の借家にやって来たのは、朝食を終えた信吾が表座敷に移って本を読み始めた六ツ半（七時）であった。波乃に伴われて姿を見せた正吾は、挨拶がすむなり用件を切り出した。

宮戸屋が贔屓《ひいき》にしてもらっている上得意の商家から、信吾と波乃に一方《ひとかた》ならぬ世話になりながら、連絡もせぬままとなり申し訳ない。お礼とお詫《わ》びを兼ねて、一席設けさせていただくことにした。信吾と波乃の都合にあわせるので、ぜひご来駕《らいが》いただきたいとのことであった。

信吾と波乃は顔を見あわせたが、心当たりがないわけではない。念のため、確認する意味もあって訊《き》いてみた。

「商家と言ったけれど、あるじさんではなくてご隠居さんじゃないのか」

「おわかりですか」

「日本橋萬町の三河屋の全翁さんだね」

「ヒナさんもかしら」

「もちろん、ごいっしょです」

であれば信吾と波乃も会いたかった。

三十一歳も年下の後添いヒナの先行きのことで悩んでいた全翁が、「おやこ相談屋」を訪れたのは二月のことだ。波乃は出産のため仕事を控えていたが、そういうことならと信吾と二人で相談に乗ったのである。何度かヒナに会って話しあった波乃は、六度目となった四月半ばに確かな手応えを得ていた。

五月上旬が出産予定であった波乃は、その直後に実家に身を寄せることになった。そして五月三日に無事女児を出生し、五月十五日に黒船町にもどっていた。

全翁とヒナが、特にヒナがどうなったか気懸りでならないまま二ヶ月がすぎていた。お礼とお詫びを兼ねてということは、順調に事が運んでいるということにほかならない。

正吾が全翁の意向を伝えた。

「時刻は七ツ半（五時）に願いたいとのことで、先さまは明日以降でしたらいつでも結構とのことですが」

であれば一刻も早く会いたい。「明日」と二人は同時に答えていた。

「さすがに鴛鴦《おしどり》夫婦、ぴったりと息があっていますね。わたしたちも見習わなくては」

正吾は三月二十二日に、福井町《ふくいちょう》一丁目の袋物商「外村屋《とむらや》」の次女恵美と式を挙げたばかりであった。正吾が二十五歳か遅くとも二十八歳になるまでには、父の正右衛門が宮戸屋を譲って隠居することになっている。

「見習うのはかまわないが、その鴛鴦夫婦ってのはやめてくれないかな」

「えッ、どうしてですか。だって兄さん義姉さんのように、飛びっ切り仲の良い夫婦ってことでしょ。夫婦になった以上は添い遂げるという」

正吾が同意を求めるように見ると、波乃もおおきくうなずいた。

「そうじゃないとわかったんだ。疑い深いか調べごとが好きなのかわからないが、ある人が長年かけて調べたらしい。すると鴛鴦は、巣作りのころになると毎年相手を取り換えていてね」

「一体どうやって調べたんだろう」

正吾がそう言うと波乃も首を傾《かし》げた。

「そうよね。鴛鴦はみんなおなじ顔をしているみたいに見えるけど、どんなふうに見分けるのかしら」

「調べたというからには、なんらかの方法があるんだろうな。だって迂闊《うかつ》なことは言えないからね」

信吾がそう言うと、兄を疑ったことがないすなおな弟正吾が訊いた。

「鴛鴦夫婦が駄目なら、なんて呼べばいいのかな」

「なにもむりに呼ばなくてもいいけど、敢《あ》えて言えば」とそこまで言って、信吾は含んだような笑いを浮かべた。「キジバト夫婦かな。あれこそ、死ぬまでいっしょみたいだよ」

少なくとも庭に来るキジバトは、今年も、去年も、そのまえの年もおなじ番《つがい》であった。

「だとすればどうして、キジバト夫婦ではなくて鴛鴦夫婦となったのだろう」

「鴛鴦はきれいだし派手だろう。雄は一尺五、六寸（四八センチメートル弱）ほどと、雌よりひと廻《まわ》りはおおきいし、繁殖、つまり子作りに入る時期は、やけに派手で目立つからね。頭のうしろに冠羽《かんむりばね》が、頰から首にかけては赤茶けたのと白っぽい縞《しま》模様の羽毛がふわっと伸びる。顔が白や淡い黄色、胸が紫とくっきりと色分けされるんだ。一方の雌はくすんだ灰褐色で、地味すぎるくらい地味でね。しかも常に雄に付き従っているところは、まるで夫唱婦随を絵に描いたみたいじゃないか。だから鴛鴦夫婦という言葉を最初に唱えたのは」

そこで信吾が言葉を切ったので、正吾と波乃は一体どんな人だろうという顔になった。

「女房の尻に敷かれて頭のあがらない、学者先生じゃないかな。自分がそうなれたらとの願いを籠めて、名付けたにちがいない」

二人が噴き出すのを見ながら信吾は続けた。「その点、キジバトは雄雌のおおきさがほとんど変わらないし、どちらも褐色と紫色が混ざったような目立たない羽の色をしている。背中一面が青海波模様というか鱗紋様《うろこもんよう》になっているけれど、なんとも地味だな。キジバトの雄雌の見分け方は、正面から見ると頭が雄は四角張って雌は丸みを帯びているが、よく見なければわからないほどだ」

「あッ、するとカワラバトとおなじだね。兄さん、いつか教えてくれたじゃないですか。浅草寺さんの境内で」

「よく憶《おぼ》えていたな。ま、おなじ鳩《はと》だから似た頭をしているのは当然だろう」

「だけど世間では、鴛鴦夫婦は通じてもキジバト夫婦は通じませんよ」

「そうだな、鴛鴦夫婦って言葉が定着しているからね。で、正吾んとこはどうなんだ。絵に描いたような鴛鴦夫婦なのか」

「それじゃ、正吾さんは答えようがないじゃないですか」と、波乃が言った。「信吾さんが、鴛鴦夫婦はおかしいとの謂《いわ》れをおっしゃったあとですもの。女房の尻に敷かれて頭があがらない学者が、唱えたんじゃないかと言いましたよ」

「おお、そうだったな。それはそうと若旦那はともかく、若女将《わかおかみ》恵美さんの評判はとてもいいようだ」

兄にそう言われ弟は首を傾げた。

「そうですかね。家《うち》じゃ母さんも祖母《おばあ》さんも、良いとも悪いともひと言も言いませんけど」

「てことは上々吉ってことだよ。文句の付けようがないから言わないのさ」

「そうでしょうか」

「このことは決して人に言っちゃいけないよ。いいな、正吾」

「兄さんにそう言われたら、わたしが言う訳がないじゃないですか」

「宮戸屋の客入れは昼が四ツ（十時）から八ツ（二時）、夜が七ツ（四時）から五ツ（八時）だ。知ってるか」

「へえ、そうなんですか」

宮戸屋を出た兄と若旦那の弟がまじめな顔で言う馬鹿らしさに、波乃は思わず吹き出してしまった。わかっていて信吾は言う。

「若旦那が、そういうことで惚《とぼ》けちゃいけないな。で、八ツから七ツまでの一刻《いっとき》（約二時間）ほどの空き時間に、ほとんど毎日のように大女将か女将のどちらかがここへやって来るんだ。元気にやってるかい、とか、なにかいる物があったら言っておくれ、なんて宣《のたま》いながらね。本当は赤ん坊の顔が見たいんだよ。大抵は眠っているけど、言う台詞《せりふ》がいいじゃないか。こんな可愛《かわい》い寝顔の赤さんは見たことがない、だってさ」

波乃が呆《あき》れたような言い方をした。

「それをうれしそうに言う信吾さんて、絵に描いたような親馬鹿ですよ。だけど正吾さんが知りたいのは、若女将恵美さんのことでしょう」

「いけない。正吾に惚けるなと言っておきながら、自分が惚けていちゃしょうがない。よっく聞くのだぞ、よいか弟よ」

大時代的な言い方をしたが、今度は正吾も波乃も笑わなかった。

「ちょうどいいそうだ」

信吾がそれ以上言わないので正吾と波乃は顔を見あわせたが、聞いたのは波乃であった。

「あら、それだけですか。どういうことでしょう」

「出しゃばらないし、控え目すぎない。なにごともよく弁《わきま》えた、稀《まれ》に見る客あしらいのいい若女将だそうだ。あれなら亭主を尻に敷いてうまく操るだろう……おっと、今のは聞かなかったことにしてくれ」

「やけに尻に敷かれてとか、尻に敷くにこだわりますね。まさかご自分が」と、そこで波乃は舌を出した。「正吾さんは弟さんだからおわかりでしょうけど、信吾兄さんの例のおふざけですからね。女将も大女将も恵美さんをとても褒めてましたけど、うまく操るとか尻に敷くなんてことは、ひと言もおっしゃっていませんから」

「波乃。暴露するのはいいとして、例のってのはいいすぎじゃないか。それじゃわたしが、いつもふざけているみたいじゃないか」

「と言うことで、信吾兄さまに波乃義姉さま。明日の七ツ半に、浅草広小路は東仲町にありますか会席と即席料理の宮戸屋まで、よろしく足をお運びくださいますように」

正吾は「はい、冗談はそこまでですからね」とでも言いたげな顔をして、頭をさげると早足に帰って行った。

二

生まれて二ヶ月ほどの七五三はまだ首が据わっていないので、阿部川町の実家に預かってもらうことにした。昨年秋に元太郎を産んでいる姉の花江に任せれば、赤ん坊の扱いには慣れているだろうから安心であった。

二人は早めに春秋堂に出向いて、波乃は七五三にたっぷりと乳を飲ませたのである。予備の襁褓《おしめ》を渡すことも忘れなかった。

言われた時刻より早く宮戸屋に着いたが、招いた側の全翁とヒナはすでに姿を見せていた。二人は二階の客間ではなく、坪庭に面した離れ座敷に通された。

ひと通りの挨拶がすみ、子供が無事に生まれたことを寿《ことほ》いで、全翁は祝いの品を信吾と波乃のまえに滑らせた。二人が礼を述べると、全翁は儀礼的な態度と表情を改めて言った。

「ともかく、見てやってくださいよ」

全翁は横に坐《すわ》ったヒナに目をやってから、信吾と波乃に微笑《ほほえ》みかけた。波乃は思わず口元を押さえようとした右手を、辛《かろ》うじて押し留《とど》めた。

三月ぶりに見るヒナは、まるで別人かと思うほどの変貌を遂げていた。わずかな期間でも、人はここまで変わるのだと驚くしかない。色白で下膨れした愛嬌《あいきよう》のある顔はそのままなのに、醸す雰囲気のせいで、すっかり変わって見えたのである。

いかにも自信なさそうでおどおどしていたが、今は内面から発散する活気が溢《あふ》れんばかりであった。しかもそれを、静かに抑制しているのが感じられた。

「ヒナさん、すっかり大人になられましたね。なんだか、ちがう人のようですよ」

波乃がそう言うと、全翁は満足げにうなずいた。

「見ただけでそう思われたなら、話されるともっと驚かれるのではないですかね」

「いやですよ、おまえさま。あたしはちっとも変わってなどおりませんのに」

言いながらヒナは、手を伸ばすと指先を軽く全翁の膝に触れた。その慎《つつ》ましやかな仕《し》種《ぐさ》の、なんと艶《あで》やかなことか。

それればかりか、全翁を「おまえさま」と呼んだのである。しかもそれが板について、なんとも自然に感じられたのだった。

「ちっとも変わっていないどころか、すっかり変わられましたよ」と、波乃はヒナから全翁に目を移した。「ヒナさんと最後にお会いしたのが四月の半ばでしたから、わずか三月しか経《た》っていないのにこれほど変わられたのですから、伴侶《つれあい》の全翁さんの力のおおきさを感じずにはいられません」

「いや、ヒナを変えたと申しますか、本来持っていながら本人が気付かなかった力を、引き出してくださったのはお二方、特に波乃さんです。なんとしてもそのお礼を申し上げたかったものですから、こちらに席を設けてもらい、お二人にお越しいただいたのです」

一段落つくのを見計らっていたかのように、女将の繁と若女将の恵美が料理と酒を運んだ。

生まれてふた月にならぬ赤子に乳を含ませねばならないので、繁は波乃の盃《さかずき》は用意しなかった。ヒナは形だけとのことらしく、盃が膳の端に置かれている。

「先附《さきづ》けは枝豆豆腐でございます。八寸は夏野菜の五彩煮凝《にこご》りと鮎《あゆ》の一夜干し、先椀《わん》は冬瓜《とうがん》のすり流しに鱧《はも》をあしらいました。お造りは湯葉《ゆば》、鮭《さけ》、とろみ蒟蒻《こんにゃく》となっております。煮物、焼き物などはのちほどお持ちいたしますので。どうかごゆっくりとお楽しみいただきたいのですが」

簡単に料理名を説明した繁は頭をさげると、全翁とヒナ、信吾と波乃に微笑み掛けた。

「不躾《ぶしつけ》ではありますが、少しだけお時間をいただきたいと思います。よろしいでしょうか」

「女将に頼まれて、てまえが厭《いや》と言ったことがありましたかな」

「ありがとうございます、全翁さま。実は長く料理屋をやってまいりましたけれど、今回ほど驚かされたことはございませんでした」

横では修業中の若女将の恵美が、控え目ではあるが真剣に遣《や》り取《と》りを見聞きしている。

「全翁さまから、大恩を受けながら義理を欠いたままのお方をお招きしたい。お礼を言いたいし不義理を詫びたいが、あいだが開きすぎたので敷居が高くなってしまった。なんとか先さまのご都合を、訊いてもらえないかとのことでした。ご贔屓いただいている三河屋さんですから、お安い御用だと請けあいましてね。相手の名前を教えられて、思わず耳を疑ってしまいました。全翁さまが大恩を受けたと申されましたので、どんな立派な方かと緊張しておりましたのですよ」

「てまえは断じて嘘《うそ》は吐《つ》きませんよ。立派なお方なんだから」

「なんと、息子とその嫁でした。全翁さまから信吾と波乃の名を聞こうとは、思ってもいませんでしたから」

繁がちらりと目を遣ると、恵美はなんとも楽しそうな笑みで応えた。

「でありながらそれを顔に出さないのだから、さすが宮戸屋の女将だと感服しましたよ」

「全翁さまはご存じだったのでしょう」

「女将と正右衛門さんの息子さんであればと、安心して相談に乗ってもらう気になりましてね」

相談屋は相談客の秘密に関しては一切他言しないことになっているが、本人が打ち明ければそのかぎりではない。しかも繁の息子夫婦だとわかっているとなれば、以下は気にすることなく話せるということであった。

「料理をお出ししながら喋《しゃべ》りすぎました。ではごゆっくりとお楽しみくださいませ」

「母さん、ちょっと待って」

信吾は思わず声を掛けてしまったが、母にそのままさがられては礼を失してしまう。

繁は全翁に会釈してから信吾に目顔で問うた。

「実は全翁さんに」と、信吾は祝いの包みを目で示した。「子供のお祝いの品をいただいております」

「そうでございましたか。常日頃ご贔屓いただきながら、このようなことまでしていただいて、なんとお礼申せば」

「いやいや」と、全翁は繁に最後まで喋らせなかった。「そうしますと信吾さんも波乃さんも、なにもおっしゃらなかったのですね。さすが奥ゆかしい」

繁は信吾と波乃をちらりと見てから、全翁に目をもどした。なにか言うより早く、全翁がいくらか照れくさそうにヒナに目をやった。

「実はヒナが」

全翁の言葉にヒナは静かに頭をさげた。

「申し遅れましたが女将、後添いのヒナです。お二人には仲良くして、特に波乃さんにはまるで実の姉妹のように慈《いつく》しんでいただきましてね。ヒナは右も左もわからず、なにをどうすればいいのかも自分では決められずに、途方に暮れておりました。ところが波乃さんが親身に話し相手になってくれたお蔭《かげ》で、今では自分から進んで学び、ものごとを決められるようになりました。それと年寄りのてまえは気付かぬことなどを、手取り足取りして教えていただいております。本日のこのようなささやかなお礼では、追いつくものではございません」

「過分なお褒めをいただき恐縮ですが、全翁さん、どうかお止《よ》しください」と、波乃は言った。「あたしはヒナさんとは一つちがいということもあるのでしょうが、話していて楽しく、気があうものですから。それとヒナさんは、そのようにご自分でなさる力をお持ちだったのですよ」

「だとしましたら」と、ヒナは控えめに言った。「波乃さんが、それに気付かせてくださったのです」

「いいお友達ができて本当に良かったですね、ヒナさんに波乃さん。では、楽しい語らいの邪魔をしては申し訳ないですから、これで失礼いたします。どうかごゆっくりとお楽しみくださいませ」

女将と若女将が一礼して辞すると、全翁が銚子《ちょうし》を取って信吾をうながした。満たされた盃を下に置いて、信吾が銚子を手に全翁の盃に注ぐ。

「ご実家に移られた数日前に会っていただきましたが、あの日もどりましたヒナの顔と申しますか、目が輝いておりましてね。てまえに、いろいろと教えてもらいたいと」

「いろいろと申されますと」

「礼儀作法、読み書き、習字、算盤《そろばん》などですが」

全翁が答えると波乃はヒナに微笑み掛けた。

「ヒナさんは、まずなにから教えていただこうとなさったのかしら」

「お習字を」

ヒナが答えると全翁は波乃に訊いた。

「まず習字から習いなさいと、波乃さんが教えたのでしょうね」

「いえ、全翁さん。学びたいことがたくさんあるとおっしゃったから、なにから順に教えてもらうかだけど、とあたしが言ったんですよ。するとヒナさんはきっぱり、自分で決めますとおっしゃって」と言ってから、波乃はヒナに訊いた。「なぜ習字からにされたの」

「字を書くことは読み書きにも関係がありますから、一度に両方教えてもらえると思って」と言ってから、ヒナは付け足した。「知りたいことや憶えたいことが一杯あるので、のんびりしていられないですから」

習字を学べば付随して読み書きにも及ぶので、少しでも効率的に学びたいということだろう。

「それを聞いて、どれほどうれしかったことか」と、全翁は顔を綻ばせた。「波乃さんが、順を踏んで教えてくれたのだとばかり思っていたのですよ。まさかヒナが自分で決めたとは」

「すると師匠はお弟子さんに、なにからと言いますか、どういう教え方をなさったのでしょう」

信吾がそう訊くと、全翁は答えずにヒナをうながした。

「永の字を書くことから教わりました。繰り返し、紙が真っ黒になるまで。永の字がちゃんと書けると、どんな字も書けるとのことでしたから」

「ヒナさん、いい師匠に恵まれましたね。弟子もすごいと思ったけど、師匠もすごい。永字八法から入られたのですね」

永の一字にはすべての漢字に共通する、八通りの基本的な筆運びが備わっているとされている。

「わたしはそう教わりながら、ヒナさんのようにすなおじゃなかったですから」と、信吾は苦笑した。「紙が真っ黒になるまで練習しなかったために、下手な字しか書けませんでね。なにごともやるべきときにやらないと駄目だと、しみじみ後悔しております」

「お習字の次はなにをなさるの」

波乃の問いに答えたのは、ヒナではなくて全翁であった。

「なにをなさるって、もうなさっておるのですよ」と全翁は照れもあってか、ふざけたような言い方をした。「習字から始めましたが、今や手習所同然になりましてね」

時間を無駄にしたくないとのヒナの姿勢は真剣そのもので、習字を始めて数日で学びの大枠ができてしまったそうだ。

起床して洗顔をすませるなり掃除と洗濯をし、すぐに食事の準備に取り掛かる。朝餉《あさげ》を終えて茶を飲むと、五ツからは読み書きを開始。四ツの鐘が鳴ると少し休んで茶を喫し、四ツ半（十一時）の四半刻（約三〇分）すぎまでは習字に励む。昼食を摂《と》り茶を飲むと、九ツ半（一時）から八ツまでが算盤となっている。

仕事や用事の関係で時間を短縮したり、学ぶ順番を入れ替えることもあるそうだ。

「それにしてもすごい。まさに手習所じゃないですか」

信吾が呆れ気味に言うと、全翁はいやいやと首を振った。

「手習所以上ですよ」

全翁がそう言うと、ヒナは少し胸を張るようにした。

「夕方にはお裁縫を、夜はお料理を教えてもらっています」

夕刻の七ツまえから近所の寡婦に来てもらい、布を截《た》ち切ったり縫ったりなどを学ぶ。続いて料理を、「さしすせそ」から学んでいるとのことだ。亭主を亡くし、子供を抱えて困っている後家さんが近所にいた。縫い仕事の内職ではなんとか生活できるだけなので、喜んで教えてくれているらしい。

裁縫と料理を教えてもらうので、通常の手間賃の何倍か払っているとのことだ。ヒナに教えながら夜の食事を作るが、自分と子供の分も作って持ち帰っていいと言っておいた。事情がわかっているので、全翁がそれを条件に持ち掛けたのだ。それなら喜んでやってくれるはずである。

「毎日がびっしりのありさまでは、疲れるのではないかしら」

波乃がそう言うとヒナは首を振った。

「学べるから楽しくて、ちっとも疲れません。それに読み書きができるようになったら、全翁さんが本を買ってくださるので、もっともっと学べますから」

やはりこういうときには全翁さんと、さん付けになるところがなんとも微笑ましい。

「ヒナが学ぶようになってふた月をすぎると、本当に手習所になってしまいまして」

訳がわからないので、信吾と波乃は顔を見あわせた。

三

五月の中旬だから、ヒナが全翁に学ぶようになって一ヶ月ほどのことである。朝というより昼に近い四ツすぎ、その日もヒナは全翁から習字を学んでいた。蒸し暑いので障子は開け放っていたが、気が付くと庭に突っ立った少年がじっとヒナを、というかヒナが学ぶところを見ていた。

ヒナは文机《ふづくえ》に向かい、教える全翁は庭を背にして坐っている。太一《たいち》に気付いたのは、ふと顔をあげたヒナであった。

「太一ちゃんじゃないの、今日は随分と遅いわね」

毎朝、蜆《しじみ》を売りに来る少年であった。蜆や浅蜊《あさり》を売るのは年寄りもいるが、ほとんどが十歳前後の男児である。夜が明けた七ツ半ごろに、「シジミやシジミー。アサリやアサリー」と声を伸ばしながら売り歩く。蜆や浅蜊は砂抜きをしなければならないので、朝の味噌汁《みそしる》には間にあわないが、売り子は早朝にやって来た。

波乃と話すようになってから、ヒナは以前ほど無口ではなくなり、棒手振《ぼてふ》り小商人《こあきんど》なども簡単な会話はするようになっていた。

「おっかあの、具合が良くねえもんで、遅うなってしもうて」

「そうなの。買ってあげますね。二人だから少しだけど。ちょっと待って」

ヒナが器を取りに行ったので、太一は柄付きの桶《おけ》に入れた蜆を椀で掬《すく》い始めた。

「どうしたのだ。なにか匂うのか」

太一が鼻をうごめかすのを見たが、どうやら風邪ではないようだと思って全翁はそう訊いた。

「いい匂い」

「ほほう、太一は鼻が利くのだな。墨の匂いに気付いたか。墨にもいろいろあって、いい墨はいい匂いがする」

稽古だからといって、全翁は手習所で使うような安価な墨にはしなかった。若い妻が本心から学びたいと願っているのだ。

釣りではいい竿《さお》を使うだけで腕があがり、将棋や囲碁で高価な盤を使うだけで一段は強くなると言われている。自然と背筋が伸びて、気が引き締まるからだろう。

全翁はヒナのために、筆も墨も一級品を揃《そろ》えた。まるで縁がなさそうな蜆売りの少年にも、墨の香りの良さが感じられたのは、ちょっとした驚きであった。

鉢を手にしたヒナがもどったので、太一が椀で蜆を入れた。蜆は一升で二十文だが、椀には三合近く入るので、太一は一杯七文で売っていた。

「二杯くださいな。お母さんの具合が、早くよくなるといいわね」

ヒナが十四文を渡すと、太一はお辞儀をして前掛けの袋に銭を入れた。そして天秤棒《てんびんぼう》に手を伸ばした。天秤棒の前後に柄付きの桶を掛けて、売り歩いているのだ。

座敷にあがったヒナは、すぐに習字の続きを始めた。しばらく熱中して書く稽古を続けたが、ふとなにかを感じて目をあげると、太一が突っ立ったままじっと筆と書かれた文字を見ている。

羨ましそうなその目と表情を見て、ヒナは太一の気持が痛いほどわかった。学びたくても自分にはどうしようもない。どうにもできないのである。

それはかつてのヒナの姿でもあった。ヒナと目があって太一は目を伏せたが、それが昔の自分の姿と二重写しとなった。

ヒナはいたたまれなかったものの、だからといってどうすることもできない。目に焼き付いた太一の目が、いくら忘れようとしても消えてくれなかった。

動く気配がしないということは、太一は突っ立ったままなのだろう。

全翁に大変な面倒を、負担を掛けていることは痛いほどわかっている。感謝してもしすぎることはなかった。となればさらなる負担をどうして掛けられようか。しかしここで知らぬ顔を通せば、太一はまずこのあと学べないはずである。

だからと言って……。

「全翁さんにお願いがあるのですけど」

ついに言ってしまった。

「なんだね、急に」

その声は、いつもと変わることなくおだやかである。

「太一ちゃんは習字を学びたがっています。だけど、教えていただくことはできないですよね」

突然の、それも思いもしなかったヒナの言葉に、全翁はすぐには言葉を口にすることができなかった。ヒナがなぜそう言ったのかと考えざるを得なかったからだ。

「全翁さんに教わったことを、あたしが教えても駄目ですか」

訴えられて全翁が庭を見ると、太一は俯《うつむ》いたまま突っ立っている。ヒナも太一を見た。俯いたままなのに二人の視線を感じたのか、太一の体が硬くなるのがわかった。

「駄目だ。おら、一文も払えねえもん」

「太一ちゃんからお金《あし》をもらおうなんて、あたし思ってもいません」

全翁はなにも言わず太一を見、その目をヒナに向けた。ヒナも全翁を見た。

自分はヒナの夫であり父親でもある、との全翁の思いに変わりはない。なんとしても守ってやらねばと心に決めているが、それはヒナに関してであった。となるとヒナが育んだ思いを、無視していい訳がない。

「ヒナさんに迷惑を掛けたくねえ」

沈黙が耐えられぬように太一が言うと、全翁が静かに訊いた。

「ということは、太一」

「へえ」

「迷惑が掛からなければ学びたいのだな」

太一は唇を激しくひくつかせたが、声にはならなかった。ヒナはもともと白い顔をさらに白く、ほとんど蒼白《そうはく》に変えていたが、やはり言葉にならない。

「本当は学びたいのだな」

その声はおだやかで、問《と》い質《ただ》すものではなかった。太一はこくんと頭を垂れた。

「わかった。蜆売りや家の用事もあるだろうから、空いたときでかまわない。教えてあげよう。最初に言っておくが、金だけでなく、筆とか墨とか紙などの心配はしなくていいから、手ぶらで来なさい」

「ほ、本当」

「こんなことで嘘は吐かない」

「わ、わぁ」と息を詰まらせてから、太一は吐き出すように言った。「あ、ありがとうございます」

そう言ったが、途中からは震えて掠《かす》れ、終わりの部分は聞き取ることができなかった。

「全翁さん、ありがとうございます」

「ヒナが礼を言うことはないよ。心から学びたいなら他人が、大人がってことだが、その芽を摘み取るようなことをしてはならないからね」

「よかったね太一ちゃん」

だが翌日も翌々日も太一は姿を見せず、やって来たのは三日目であった。継ぎの当たった粗末な着物ではあったが、洗濯をしたばかりだとわかる。それが母親のしてやれる、精一杯のことだったのだろう。

「母さんの具合がよくなったようだね」

全翁の言葉に、太一は火照ったかと思うくらい顔を赤くした。

「おっ母が、全翁さんになんとお礼していいやらと言っとりました」

「礼なんていらんが、その気持だけで十分だ。なんとしても学びたいという太一の気持に、わたしは心を打たれたのだから」


「それがきっかけになったといいますか、今では六人」

「七人になりましたよ」

横からヒナが訂正した。

「そうだったか」とヒナにうなずいて見せ、全翁は信吾と波乃に向き直った。「でも、親とか周りに言われて仕方なく学ぶ者と、自分から進んで学ぶ者はまるでちがいますね。

もちろん、能力のあるなしは無視できません。しかし、一番大事なのは意思、その人の思いですよ」

「でも、わずか一、二ヶ月でしょう。それなのに七人ですからね。束脩《そくしゅう》も月々の謝礼も取らないとわかれば、どっと押し掛けるかもしれませんよ」

「信吾さんらしからぬと言うか、まるで商人のようなお言葉ですな」と、全翁は苦笑した。「太一を受け入れたからには、あとを断ることはできんでしょう」

「全翁さんは太っ腹ですが、手習子が十人くらいならなんでもないですし、倍の二十人でもなんとかなるでしょうが、三十人を超えることになれば」

「隠居所には入りきりませんね」と言って、全翁はニヤリと笑った。「ですがてまえにはヒナや太一のような、学ぶことに飢えた者がそういるとは思えないのです」

「だからこそ、真剣に学びたい者はそのままにしておけないと」

「それに尽きるのではないですか。それと太一を受け入れたには、てまえなりの理由がありましてね」

「どのような理由なのでしょう」

すっかり感心して聞き入っていた波乃は、思わずというふうに問い掛けてしまった。

「ヒナに教えるだけでは、なんだかもったいないと思ったのですよ。てまえが付きっ切りで教えることもあれば、ヒナが自習、つまり一人で取り組むこともあります。手習所では全員とか、何人かに一斉に教えることはまずなくて、師匠は手習子銘々の進み具合に応じて個別に教えますね。であればてまえにも、学びたくてもさまざまな事情で手習所に行けない子を、教えられるのではないかと」

さまざまな事情とは金銭的なことだろうが、ヒナがいるために露骨な言い方をしなかったのだと波乃は思った。

ヒナの変わりようがあまりにも激しかったので、波乃はすっかりそちらに気を奪われていた。だが最初に相談に来たときに比して、全翁もまた明らかに変化していた。それも驚くほどおおきく。それはヒナという、ある面で純朴な魂に触れたからではないだろうかと、波乃はそんな気がしてならなかった。

「ヒナが学びたい、いろいろなことを教えてほしいと言ったとき、てまえは驚くと同時になにかと考えさせられました。ヒナにそうして欲しいと願いながら、てまえはそのように導くことができませんでしたからね」と全翁は信吾を、そして波乃を見た。「なにがヒナを変えたのでしょう」

波乃は信吾と顔を見あわせたが、信吾の目は波乃が答えるべきだと言っていた。なんと答えようかと思う波乃を、躊躇《ためら》っていると判断したらしく全翁が先に言った。

「お二人の、とりわけ波乃さんの真心を、ヒナが受け留めたからにほかならないからだと思います」

ヒナがわずかにうなずくのがわかった。

「本当に自分のためを想《おも》い、真剣に考えてくれていると気付いたからだと思いますね。ですからてまえはヒナから聞いて、度肝を抜かれた話がありまして」

おだやかに語る全翁の口から、思いも掛けず「度肝を抜く」との強い言葉が出た。

四

思わずヒナを見たが、俯いているので表情はわからなかった。全翁が信吾と波乃へのお礼の席だと言ったので、ヒナは聞き役に徹しているらしい。しかし全翁がなにを言わんとしているかは、十分すぎるくらいわかっているはずだ。

「ヒナがてまえにいろんなことを教えて欲しいと言ったのは、波乃さんがお産に備えてご実家に移られるまえに、最後に会ってくれた日でした」

「ところで、度肝を抜かれた話と申されましたが」

全翁がしばし間を置いたのは、さすがに口にし辛《づら》かったからだろう。

「自分が女郎だったことを波乃さんに打ち明けたと本人から聞いて、驚いたなんてものではありませんでした」

なにか言わなければと思いはしたものの、波乃は頭から言葉がすっかり消えたような気がした。

「ですがそれはヒナがお二人を、自分の本当の味方だと感じたからだとわかったのです。自分の真《まこと》の姿をわかってもらいたいからこそ、一番知られたくないことを、さらけ出したにちがいありません。波乃さんはしっかりと、それを受け留めてくれました。わずか五、六回会って話しただけで、ヒナを感服させたのですから、ほとんど信じられませんでしたよ。てまえのことは恩人だからと、ヒナは特別扱いしてくれはしましたが、最初は助平爺《すけべいじじい》くらいにしか思っておりませんでね」

言葉にはならなかったが、ヒナの唇が「そんな」の形に動いたようであった。

「周りは敵ばかりだから、むりもないでしょう。ヒナたち若い娘を江戸まで連れて来た女衒《ぜげん》、いつも見張っている遣り手婆《やりてばば》ぁ、あるじに女将、妓夫太郎《ぎゆうたろう》、ヒナが投げこまれたのは、そういう連中だけが作っている狭い世界です。身請けしたと言っても、金を出して引き取ったのですから、てまえだって同類にすぎないですからね。だれもかれもがヒナの芽を摘んでいたのですから、人を信じることができようはずがありません。そんな所にいては、自分で考えて生きて行けるんだなどとは、思いもできないですよ。てまえはひと月も掛かってようやく信じてもらえ、さらに半月ほど掛けてようやっと味方だと認めてもらえたのですからね。それをわずか五、六回で成し遂げた波乃さんには、てまえは脱帽するしかありません」

「なんだかすべてをいいほうに取っていただいているようですけど、あたしは心底、ヒナさんと喋るのが楽しかったのですよ。そうだそうだと相鎚《あいづち》を打ったり、へえ知らなかったと驚かされたりして、その連続でしたから」

うなずきながら聞いていた全翁は、「そこまででいいではありませんか」とでも言いたげに、両掌を拡《ひろ》げて差し出した。

「お二人がお見えになって、波乃さんがヒナの話し相手になってくださったときには、てまえは今日という日を考えることなど、とてもできませんでした。こういうことがあるから、人が触れあうことにはおおきな意味があるのですね。信吾さんも波乃さんも、この先ずっとヒナの話し相手と言うか、相談に乗ってやってください。お願いします」

全翁が深々と頭をさげると、つられたようにヒナも一礼した。

「それはあたしからお願いしたいことです」と、波乃はヒナに笑い掛けた。「一生の友達でいてくださいね」

「こちらこそお願いします、波乃さん」

「いい塩梅《あんばい》に運びまして、てまえにとりましてこれ以上の喜びはありません」

全翁が信吾の盃に酒を注ぎ、信吾が礼を返したところに煮物と焼き物、そして穴子の混ぜご飯と赤出汁《あかだし》が運ばれた。燗《かん》の付いた銚子が二本添えられていた。

食べながら喋るのは品がないとされているので、しばらくは静かに食べ物を口に運ぶ

た。

食べ終えた全翁が箸を置いてしみじみと言ったが、信吾もまったくおなじ思いであっ

「人と人の触れあい、交わりというものは、実に不可思議ですね」

ことにした。

「特にこの仕事をやっておりますと、それを感じさせられますよ」

とそこで信吾が話を止めたのは、相談屋とかそれに絡めた話題に触れないほうがいいと思ったからだ。全翁はいつもより饒舌《じょうぜつ》であったが、自分が頼ったことは当然として、相談屋に関する話題には慎重に触れないようにしていた。

ヒナはまだ黒船町の借家に来たことはないが、隠居所のある駒形町とはすぐ近くである。子供が無事生まれたことでもあり、親しい同世代の知りあいはいないので、これからは遊びに来ることもあると思われる。だから相談屋の看板にも気付くだろうが、今までの感じからすれば、全翁がヒナのことで二人に相談したとは思わないという気がしたではあるが、用心に越したことはない。

「実はおもしろいことに気付きましてね」

全翁がそう言うと波乃が直ちに反応した。

「ヒナさん絡みのことでしょう」

「なぜにそのように」

「だって全翁さんの頭の中には、ヒナさんのことしかないのですもの」

「波乃さんは、なかなかきつい冗談をおっしゃりますなあ」

「ごめんなさい。馬鹿正直なものですから」

「追い討ちは勘弁願います」と笑わせてから、全翁は真顔になった。「蜆売りの太一は十一歳ですが」

澄まし顔で全翁が言ったのは、ヒナのことではないでしょうと波乃に強調したかったのかもしれない。

「八歳と九歳の子供も習いに来ておりましてね。八歳が女の子で九歳が男の子なんですが、二人ともすなおで、よく励んで覚えもいいのですよ」

手習子はヒナを含めると、多いときは八人、少ないときでも三、四人は学んでいる。家の仕事の手伝いなどもあるので、来られる時間がそれぞれちがうからであった。

町の手習所では師匠がちょっと目を離すと、遊び始めたり、だれかが悪戯《いたずら》をしてすぐに騒々しくなる。全翁の隠居所に学びに来る子供たちは、家が貧しくて手習所に通えないので、親がよく言い聞かせていることもあるのだろう。だれもがまじめに学んでいた。

全翁はだれかに付きっ切りで教えることもあれば、やり方を教え指示するだけで自習させることもあった。そんなときは床の間のまえで書を読んでいることが多いが、定期的に立って子供たちの学びを見て廻る。

もともとが隠居所で手習所ではないので、客があったり、町内会のことで連絡に来る人がいたりで、全翁は教えに掛かり切りになれる訳ではない。すぐに終わることもあれば、話しこむこともあった。

全翁が席を外したり用のあるときは、おなじ教わる身でありながら年齢が近いこともあって、問われてヒナが答えることがあった。それがどうやら、全翁が教えるよりもわかりやすいようなのだ。若い女ということもあって、全翁のときほど緊張しないのだろう。

「それでふと思ったのですが、どうだろう、信吾さんと波乃さん。ヒナなら手習所の女師匠、女先生ができるのではないですかね」

一気に話が飛んだが、ヒナが目を丸くしているのを見れば初めて口にしたのだろう。

波乃がクスリと笑いを漏らしたので、全翁が怪訝《けげん》な顔になった。

「それご覧なさい。全翁さんのお話は、かならずヒナさんのことに行き付くでしょう」

「全翁さんが重大な話をなさっているのだから、そんなところで茶々を入れちゃ駄目じゃないか。波乃らしくないぞ」

信吾は非難したというより、全翁の手前もあってそう言ったのだ。

「ですが全翁さん。言われてみると、ヒナさんの女先生というのは、ぴったりかもしれませんね」

信吾の言葉に波乃もうなずいた。

「あたしヒナさんが子供たちに教えているところが、目に浮かびましたもの」

「駄目ですよう」と、ヒナがあわて気味に言った。「だってあたしは、旦那さまに教わり始めたばかりの手習子ですから」

「もちろん駄目です」と、全翁がぴしりと言った。「ヒナは卵から孵《かえ》ったばかりの雛鳥《ひなどり》ですからね。雛鳥が雛鳥を教えられるはずがありません」

「そうか、ヒナさんは雛鳥だったんだ」

さすがに言いすぎだと思ったようだ。

「信吾さん。大事なときに茶化しちゃ駄目でしょう」

「ヒナが女師匠になるには、もっともっと学ばなきゃならない。十年は掛かるだろうけど、ヒナは頑張り屋さんだから、半分の五年でなんとかしてしまうかもしれんな」

具体的な期間を出したのが、よかったのかもしれない。ヒナはついさっきの「駄目ですよう」と言ったときとは、まったくちがった顔になっていた。それを見て全翁が言った。

「普通は四年か五年で手習所を終えるけれど、それを一年ですませられるようだと、五年でなんとか女先生になれないこともない。などと言ってはいけなかったかな」

さすがに二年間いっしょに暮らしただけあって、全翁はヒナの心に火を点《つ》ける方法をよく知っている。

「さっきも言ったけど、ヒナは頑張り屋さんだから、本当に頑張って女先生になれるかもしれない。しかし女先生になることは横に置いて、ともかくひたすら学ぶことだ。そうすれば自《おの》ずと道は開けるから。てまえが女先生の話を出したのは、例えばということだからね。ともかく努力することだ」

「五年で女先生になる、と三回繰り返して言ってご覧」

信吾に言われてヒナは訳がわからないという顔になったが、どこまでもすなおなのだろう、背筋を伸ばすと復唱したのである。

「五年で女先生になります。五年で女先生になります。五年で女先生になります」

「それでいい。言葉には生命《いのち》があってね、生命には力がある。その力がヒナさんを押しあげてくれると思うよ」

ヒナがそっと唇を嚙《か》んだのがわかった。あるいは密《ひそ》かに、なにかを心の裡《うち》で誓ったのかもしれない。

全翁はヒナが小用に立つのを待っていたようであった。廊下を去る足音が消えると、懐から紙包みを取り出した。

「てまえの最大の難問を解決していただいた、相談料の名目のお礼です」

二人に差し出したのだが、信吾は波乃をうながした。今回の大役を務めた波乃が受け取るべきで、全翁もそれを望んでいるにちがいなかったからだ。

受け取った重みで、中を改めなくてもかなりの額が包まれているのが知れる。あとで十両もの大金だとわかった。

「こんなにいただいては」

「いえ、少ないくらいです。お二人、特に波乃さんには、歌舞伎の衣裳引き抜きの早変わりかと見紛《みまご》うほどわずかなあいだに、ヒナの持ち味を引き出してくれましたから」

「それはヒナさんが、秘めた力をお持ちだったからです」

「でも気付かねば宝の持ち腐れでしょう。ヒナがもどるまえに是非言っておかねばならないのですが、てまえは先が見えておりますので、向後どうかヒナの話相手となっていただきたい。それと変だ、おかしいと思われたら、遠慮なく叱ってもらいたいのです」

「叱るだなんて、そんな」

「波乃さんのおっしゃることなら、ヒナは真剣に聞きます。信奉しているのですよ、波乃さんを。とても波乃さんのようにはなれないけれど、少しでも近付きたいと毎日のように言っていますから」

なにか言おうとしたところにヒナがもどったので、波乃は全翁に「よくわかりました」と、おおきくうなずいた。すると全翁もおなじようにうなずいたのである。その目には薄《う》っすらと涙が滲《にじ》んでいた。

ヒナが自分の足で歩み始めるところを見たいと全翁は言ったが、それは叶《かな》えられたと信吾は確信した。冴《さ》えない芋虫であったヒナは蛹《さなぎ》となり、今その殻を破って羽化したのだ。

やがて自分の羽で、大空を自由に翔《と》ぶことだろう。

名前のふしぎ——著者あとがき

小説家になるまで本を書かなかった訳ではない。編集プロダクションの仕事で何冊ものゴーストライティングをやり、雑学関係の本も書いていた。

本名で書いた本が十冊になったとき、わたしは六十五歳になっていた。そのとき切実に思ったのは、せめて一冊は創作本を残しておきたいということである。

意を決し四百五十枚の小説を書きあげ、付きあいのあった編集者に読んでもらったが、丁寧に、しかしきっぱりと断られた。三社ともだめだったので諦めるしかないと思ったとき、知人がある出版社に声を掛けてくれた。編集長に、文章もしっかりしているし内容も悪くはないが、本にするにはいまひとつ魅力に欠けると言われた。

辞そうとしたとき、「時代小説を書いてみませんか。内容次第では出せるかもしれません」と編集長が言ったのは、落胆振りがひどかったので見るに見かねての慰めだったにちがいない。相手は「かもしれません」の意味あいを強く言ったのだろうが、わたしは「出せるかも」に縋《すが》り付いた。

それまでほとんど時代小説を読んだことはなかったが、仕事の関係で藤沢周平《ふじさわしゅうへい》氏の短編集を読む必要があった。一読して圧倒され二ヶ月で五十冊を読み、それから他の作家の作品も読み始めていた。時代小説と歴史小説の区別もわからぬほどであったが、熱意だけでともかく短編五作を書きあげた。

　南国の藩の若侍が江戸勤番となって大身旗本の三男坊と知りあうが、その父親が軍鶏《しゃも》の愛好家であった。鶏合《とりあ》わせ（闘鶏）を見せてもらった主人公はそこから閃《ひらめ》きを得、三男坊の協力を得て秘剣「蹴殺《けころ》し」を編み出す。軍鶏を連れ帰った主人公は軍鶏侍と渾名《あだな》されるが、やがて政争に捲《ま》きこまれて……という内容である。

　読み終えるなり、「出しましょう」と編集長は言った。作品は翌年二月『軍鶏侍』として発行された。

　書名決定にもドラマがあった。流行作家ならともかく、初登場の作家の小説で『〇〇侍』の名で成功した作品はないので、変更するよう編集長は断固主張した。だがわたしはこれ一冊で終わるとの思いもあったので、なんとしても『軍鶏侍』でと我を通した。

　発行日に担当編集者から、思いもしない電話があった。「野口さん、おめでとうございます。『軍鶏侍』の増刷が決まりました。すぐ第二作に取り掛かってください」

　まさに青天の霹靂《へきれき》で、本の出る日に刷り増しが決まるなんて考えられなかった。のちになってわかったがこういうことである。本の奥付には発行日が記されているが、書店での発売は一週間ほど早く、場合によっては十日とか半月もまえに出ることもあった。

　わたしは縄田一男《なわたかずお》氏の解説と、村田涼平《むらたりょうへい》氏の挿絵のお蔭《かげ》だと思っている。逞《たくま》しい脚に鋭い蹴爪を見せ、敵手に襲い掛かろうとする軍鶏の一瞬を描いた表紙を見て、手に取ってくれた読者は多かったはずだ。初めて見る作家だがともかく読んでみようと購入してくれた読者のお蔭で、増刷に繫《つな》がったのだろう。

　それが六十七歳の二月で、高齢の新人作家が誕生したのである。


　しかし思いもしない増刷のため、七転八倒の苦しみを味わう破目となった。ともかく書くしかなかったが、書きながら「こういうことだったのか」と納得したり、構成に関してあれこれ発見するなどの繰り返しであった。いくらかでも周りが見えるようになったのは、三冊目が出たころではなかっただろうか。

　書きながらつくづく感じさせられたのは、登場人物は名を与えた瞬間に生命を持つという事実であった。

　シリーズ物を並行して書いているときのことだ。こういう人物でこのような物語を書くということまで決まっていたが、時間に追われて登場人物名を決めていなかった。各人の経歴や特質、それに思考法などはわかっているので、取《と》り敢《あ》えずＡＢＣＤと記号で進めることにした。書き終えてから検索置換すればいいと、軽く考えていたのである。

　ところが数枚書いた時点で二進《にっち》も三進《さっち》もいかなくなってしまった。人物が分離しないというか、会話が単調になるというか、各人物の個性がなくなってしまうのである。膠《こう》着状態になったので人物に名を与えて書き改めると、なんともふしぎなことに、それぞれが個性を発揮して喋《しゃべ》り、そして動き始めたのだ。人物は名を得て初めて生命を持つ！

名前に関しては、次のような信じられぬこともあった。

「よろず相談屋」シリーズの第五巻『あっけらかん』所収の第三話「余波は続く」は、主人公信吾の武勇が瓦版に取りあげられた後日譚《ごじつたん》である。それに先立つ第四巻『やってみなきゃ』には、将棋会所「駒形」の開所一周年を記念して将棋大会を開催する四作が収められている。

大会を知った破落戸《ごろつき》が、言い掛かりを付けて金を包ませようとやって来る。榧寺《かやでら》の通称で知られる正覚寺《しょうがくじ》に連れ出した信吾は、九寸五分《くすんごぶ》を持った相手を素手で撃退したが、見物人の中に瓦版書きがいて派手に報じた。

それを読んだ旗本の次三男坊の三人が信吾の武術について賭けをする。一人は信吾の腕は相当なものだと評価するが、瓦版は買わせるために大袈裟《おおげさ》に書くので大したことはないはずだと二人は主張。その賭けのため、三人は大川端《おおかわばた》で信吾を襲うが、瓦版が正しかったことがわかる。信吾は貸家に三人を連れ帰り、酒を呑《の》んで親友となった。

時間がなかったので、わたしは苦し紛れに友人三人の名前と住所を切り貼りして、三人の若侍の名に仕立て作品を書きあげた。予想もしていなかったのは、泥酔した一人が旗本の次三男坊の悲哀を長々と語ったことであった。考えてもいなかったのに、酔って喋っているうちにそうなってしまったのだ。それを巡る遣《や》り取《と》りで、かれら銘々の立場や事情と三人の関係が浮かびあがることになった。

この泥酔男は名を与えられたときに、長々と語る定めを背負ったのかもしれない。というのは三人の若侍は、「めおと相談屋」シリーズの第九巻『新しい光』の第四話「禍福の縄」に再登場して、泥酔男の語った旗本の次三男坊の悲哀を体現することになる。

信吾の武芸の腕を認めたのが坂下泉三郎《さかしたせんざぶろう》、認めなかったのが俵元之進《たわらげんのしん》と前原浩吉《まえはらこうきち》で、泥酔男は前原であった。信吾は「禍福の縄」の三月ほどまえに、三人と祝盃《しゅくはい》を挙げている。興奮してやって来た俵と前原から、坂下に関する朗報を告げられたからだ。

ずっと格上の旗本河津《かわづ》家の一人娘志津《しづ》に見初められ、婿養子に決まったとのことであった。冷《ひ》や飯喰《めしぐ》いの次三男坊にとっては、まさに夢物語である。酒宴を設けて祝したが、信吾はしばらくしてやってきた前原から、坂下の婿入りが河津家から一方的に破談されたことを知らされた。

自分や親兄弟に落ち度がないのに破談されたことに納得のゆかぬ坂下は、志津への婿入りを願っていた者のだれかが讒言《ざんげん》したのだろうと判断したらしい。俵と前原によると、坂下は独自にその輩《やから》を突き止めようとしているとのことだ。

信吾は相談客が連絡しやすいように伝言箱を設けているが、そこに謎めいた紙片が入れられるようになった。三枚目には「ヨタカハアサガタカタガック」とあったが、ほどなく柳原《やなぎわら》土手で客を引いていた夜鷹《よたか》が惨殺された。五枚目の「マンジュウを喰ってみるか」が入れられると、永久橋《えいきゅうばし》で下等な娼婦《しょうふ》である船饅頭《ふなまんじゅう》が殺された。

紙片が殺害予告だとわかったので、六枚目の「采女原《うねめがはら》にも風情あり」を見た信吾は岡っ引の権六《ごんろく》に報《しら》せた。町奉行所の同心が権六やその手下と張り込むが、采女原の西端で起きた喧嘩《けんか》騒動に気を取られているうちに、東端で夜鷹が斬り殺されたのである。

実は次第にわかったことだが、坂下は町奉行所の人間が破談に絡んでいるとまで突き止めたようだ。ところが奉行所は特殊な世界で、幾重にも網を張り巡らせて本人に辿《たど》り着《つ》けないようになっている。

そこで坂下は伝言箱を利用することにしたらしい。信吾が権六と親しいので、予告が町奉行所に伝わると考えたのだろう。予告を実現することで町奉行所を動揺させ、張本人を炙《あぶ》り出すしかないとのねらいだ。

権六は明確には語らぬが、信吾には町方の動きがなんとなくわかる。だから俵と前原から伝えてもらうようにしたが、坂下自身捜査の手が身近に迫っているのを知っていたようだ。身辺の整理をし、別れを告げるべき人には会い、腹を十文字にかっ割いたのである。

この作を書き終えたわたしは唖然《あぜん》とした。友人の名前と住所を切り貼りした三人の若侍が、わたしの考えていたことを遥《はる》かに超えて喋り、行動していたからである。とりわけ自刃する坂下は「禍福の縄」には一度も登場せず、その考えや行動は俵と前原を通じて語られる。わたしにすれば書き手を無視して、かれらが好き勝手に動いたとしか思えなかった。

友人たちは新作が出るたびに感想を言ってくれるのだが、その巻に関してはだれもなにも言わなかった。「いい齢《とし》して、なにやってんだよ」と、内心で苦笑していたのではないだろうか。ただ坂下に該当する友人に、「女の名はなぜ志津にしたんだ」と言われたことがあった。「なぜって、自然と志津になったんだけど」と答えた。「婚約していながら挙式直前に断られた女の名が志津でね、今のかみさんといっしょになるまえに」

名前はふしぎだなあと思うしかない。

令和六年九月

野口　卓

本書は、集英社文庫のために書き下ろされた作品です。
本文デザイン／亀谷哲也［PRESTO］
イラストレーション／中川 学

集英社文庫
野口卓の本

なんてやつだ
よろず相談屋繁盛記

動物と話せる不思議な能力をもつ青年・信吾。家業を弟に譲って独立し、相談屋を開業するが……。痛快爽快、青春時代小説、全てはここから始まった！

集英社文庫

生命《いのち》きらめく　おやこ相談屋雑記帳《そうだんやざっきちょう》

2024年 9 月25日　第 1 刷　　定価はカバーに表示してあります。

著　者　野口《のぐち》　卓《たく》
発行者　樋口尚也
発行所　株式会社 集英社
東京都千代田区一ツ橋2-5-10　〒101-8050
電話　【編集部】03-3230-6095
【読者係】03-3230-6080
【販売部】03-3230-6393（書店専用）
印　刷　TOPPANクロレ株式会社
製　本　TOPPANクロレ株式会社

フォーマットデザイン　アリヤマデザインストア　　マークデザイン　居山浩二

ISBN978-4-08-744700-2 C0193